곡선의 우리

곡선의 우리
우리가 느끼는 진짜 감정

초판 1쇄 인쇄_ 2024년 02월 10일 | **초판 1쇄 발행_** 2024년 02월 15일
지은이_고산중학교 책쓰기 동아리 | **엮은이_**김윤화 | **펴낸이_**진성옥 외 1인 | **펴낸곳_**꿈과희망
디자인·편집_윤영화
주소_서울시 용산구 한강대로 76길 11-12 5층 501호
전화_02)2681-2832 | **팩스_**02)943-0935 | **출판등록_**제2016-000036호
E-mail_ jinsungok@empas.com
ISBN_979-11-6186-142-5 43810
※ 책 값은 뒤표지에 있습니다.
※ 새론북스는 도서출판 꿈과희망의 계열사입니다.
ⓒPrinted in Korea. | ※ 잘못된 책은 바꾸어 드립니다.

2024 대구광역시교육청 책쓰기 프로젝트

곡선의 우리

우리가 느끼는 진짜 감정

고산중 책쓰기 동아리
전가희 이현준 박지연 조예성
손여은 김나영 한서준 이상윤 지음

김윤화 엮음

꿈과희망

책머리에

작년에는 편견, 고정관념 등을 없애고, 세상에 정해진 답을 거부하여 자신만의 답을 찾자는 〈답이 없어도 괜찮아〉가 출판되었습니다. 이로 인해 많은 학생들이 책쓰기 동아리에 관심을 보였고, 올해도 책을 만들기로 결심했습니다.

올해도 작년과 마찬가지로 주제 선정부터 소주제 정하기, 책 제목 정하기 등 모든 과정을 학생들의 의견대로 진행했습니다.

먼저 첫 시간에 작년 책을 보며, 학생들 스스로 주제를 선정했습니다. 청소년들이 가지고 있는 다양한 감정에 대해 말했습니다. 긍정적인 감정(행복, 뿌듯함 등)도 있지만 부정적인 감정 (우울, 불안, 좌절 등)이 더 많이 나왔습니다.

'우리가 부정적이라고 생각하는 감정이 정말 부정적인가?'
'감정은 자연스러운 것 아닌가?'
'그 감정을 어떻게 표현하는지가 중요한 것 같다.'

그리고 이런 의견을 바탕으로 하여 청소년들이 겪는 감정을 자신이 쓰고 싶은 이야기로 표현하기로 했습니다. 매개체를 통해 감정을 깨달아 가는 글도 있고, 사람들과의 관계를 통해 감정이 변화되는 글도 있습니다.

이 글을 읽고 여러분은 자신의 감정이 어떻게 생기고 변화하는지, 그리고 어떤 방식으로 표현하는지 생각해 보는 계기가 되었으면 합니다.

다소 부족하거나 어색한 점이 보일 수도 있겠지만, 학생들의 소중한 글을 즐겁게 읽어 주시기 바랍니다.

사서교사 김윤화

차례

선물

전가희

- 이름: 전가희
- 나이: 만14세 (중2)
- 좌우명: No pain No gain.
- 내가 좋아하는 책: 전지적 독자 시점, 나나
- 현재 관심사: 피아노 치기
- 이 책을 읽는 당신에게: 많이 부족한 글이지만 머리를 부여잡으며 열심히 쓴 글이니 끝까지 읽어 주시기 바랍니다.
제목을 생각하며 읽어 주세요.

나는 그저 울고 있는 어린 나를 쳐다보았다. 무슨 말을 해도 어린 나에게 아무것도 들리지 않을 것을 아니까. 하지만 이 한 마디는 꼭 전해 주고 싶었다. 이 모든 일들은 어쩔 수 없는 일이었다고, 네 잘못이 아니라고. 내가 어린 나에게 어떤 말도, 어떤 행동도, 어떤 것도 할 수 없다는 이 무기력함이 나를 또 괴롭게 만들었다.

그래도 나는 어린 나에게 다가가서 꼭 안아 주었다. 어린 나는 아무것도 느끼지 못할 것이지만 그래도 꼭 안아 주었다. 그리고 아무도 듣지 못할 말을 했다.

"미안해. 내가 너에게 아무것도 해줄 수가 없어서. 그저 바라봐 줄 수밖에 없어서. 괴로워하는 너를 위로해 주지 못해서. 내가 너무 미안해."

제 1장
의문의 택배

내 이름은 주나연. 그냥 이것저것 만드는 과학자이다. 요즘 연구가 잘 안 돼서 몇 달째 무기력함을 느끼고 있다. 그냥 금방 지나갈 감정이겠지. 뭐 흥미로운 실험 없나?

떵동- 떵동-

뭐지? 택배인가?

"주나연님, 택배 왔습니다."

혹시 내가 시약을 주문했었나? 하지만 뭘 주문한 기억은 없는데… 그래도 내 이름을 불렀으니 나가 봐야지.

"주나연님 맞으시죠?"

"네. 제가 주나연입니다. 그런데 이게 제 앞으로 온 것이 맞나요?"

"네. 맞습니다. 그럼 안녕히 계세요."

【주나연】

내 이름이 적혀 있는 걸 보니 내 앞으로 온 것이 맞는 것 같네. 그런데 누가 나에게 보낸 걸까? 일단 열어봐야겠다.

??? 이게 뭐야! 사탕? 사탕 6개랑 종이 한 장? 뭐라고 적혀 있는 거지?

—— 주의 ——

이 사탕은 먹으면 그 감정을 느낀

과거로 돌아가는 '감정 사탕'입니다.

'?' 사탕은 제일 마지막에 드세요!!!

뭐야 이거. 감정 사탕? 이름 참 유치하네. 먹고 힘내라고 얼마 없는 친구가 이런 장난을 치는 건가? 그런데 글 내용이 왜 이래. 과거로 돌아간다고? 풉! 지나가던 개가 웃겠다. 나에게 이걸 보낸 친구는 무슨 생각으로 이런 글을 적은 걸까? 날 웃기는 게 목적이라면 성공했네. 마침 연구도 잘 안 되고 기분 별로였는데 잘됐네. 먹어보지 뭐. 별일이야 있겠어?

그러고 보니 사탕마다 이름이 있네. 장난에 정성을 너무 많이 들인 거 아니야? 지금은 기분이 너무 꿀꿀하니까 '행복' 사탕? 이걸 먹어봐야겠어.

바스락
이거 뭐야 왜 아무 맛도 안 나지?
그 순간 내가 있던 공간이 소용돌이처럼 돌아가더니 난 내 실험실이 아니라 다른 곳에 있었다.

제 2장
감정의 시작

흥겨운 노랫소리가 들린다.
어, 어?! 여기는 놀이공원? 어떻게 된 거지? 내가 지금 꿈을 꾸고 있는 건가? 난 분명 내 실험실에 있었는데 갑자기 놀이공원? 뭐가 어떻게 된 거야?
바이킹, 탬버린, 롤러코스터, 뛰어가는 아이들, 그리고 아이스크림 가게가 보인다.

잠깐, 저 아이 누굴 닮았는데. 어릴 때의 내 모습 같아. 설마 진짜로 난가? 일단 말을 걸어 봐야겠어.

"저기 꼬마야, 잠깐만!"

어디로 가는 거지? 탬버린 쪽으로 가는 것 같은데?

"잠시만 기다려 봐!"

헉헉 겨우 따라 잡았네.

"안녕, 꼬마야? 혹시 네 이름을 알 수 있을까?"

"…"

내가 모르는 사람이라 대답을 안 하는 건가? 그런데 이상해. 누군가 부르면 쳐다봐야 하는 거 아닌가? 설마 내 목소리가 안 들리는 건가?

"꼬마야, 내 말 들리니?"

"…"

정말로 내 말이 안 들리는 것 같은데? 그러면 다른 사람들도 내 말을 못 듣고 날 못 보는 건가? 한번 확인해 봐야겠어.

"저기요, 아저씨 혹시 제 말 들리세요?"

"…"

확실히 내 목소리를 못 듣는 것 같아. 신기하다.

그 순간 어떤 사람이 내 팔을 통과하여 지나갔다.

어어? 내 몸을 통과하잖아? 사람들이 내 목소리도 못 듣고, 날 통과해서 지나가다니! 기분이 이상한걸?

"나연아!"

"엄마! 나 바이킹 혼자 탔다! 잘했지?"

잠깐 엄마잖아! 젊어 보이시는데? 혹시 이건 내 과거인가? 그렇다면 내가 8살일 때 같은데?

아, 그래! 그 종이에 사탕을 먹으면 과거로 돌아간다고 되어 있었어. 아니, 그게 사실이라니. 이럴 수가! 내 과학자 정신을 자극하는걸? 그런데 어떻게 돌아가지? 음…. 지금 당장은 어린 나를 따라다니는 수밖에 없을 것 같아. 따라다니다 보면 현재로 돌아갈 수 있겠지.

어? 내가 혼자 자이로드롭을 타러 가잖아? 아니, 고작 초등학교 1학년밖에 안 되었는데 안 무섭나? 아… 맞아, 난 어릴 때나 혼자 놀이기구를 탈 수밖에 없었어. 엄마는 회전목마도 어지러워서 못 타셨으니까.

혼자서 놀이기구 정말 잘 타네. 역시 난 어릴 때부터 이런 스릴을 즐겼어. 그런데 지금 쭉 지켜보니까 어릴 때 나는 행복해 보이는 것 같아. 저때는 친구도 많았었는데. 그러고 보니 내가 마지막으로 웃은 게 언제였더라? 요즘은 실험하느라 바빠 친구를 못 만나서 웃을 일이 잘 없었어.

'나 지금 너무 재밌어! 하지만 같이 탈 누군가가 있다면 더 좋을 텐데….'

어린 내가 말하고 있는 건가? 어? 그런데 어린 나의 입이 움직이지 않는걸? 혹시 이건 어린 나의 생각인가?

'바이킹 또 타러 가야지!'

지금도 입이 안 움직였어. 그렇다면 지금 내게 들리는 이 소리는 어린 나의 생각이 맞는 것 같아. 다른 사람들의 생각은 들리지 않는데 어린 나의 생각만 들리는군. 하…. 그런데 진짜 어떻게 돌아가지?

***

난 지금 몇 분째 어린 나를 쳐다만 보고 있다. 여기에 온 지 1시간은 지난 것 같은데? 나 평생 여기에 갇혀 살아야 하나? 어린 나야 제발 아무거나 해봐.

"역시 놀이공원은 재밌어. 엄마, 나 너무 행복해!"

그래 넌 행복하구나. 난 지금 현실로 못 돌아갈까 봐 걱정스러워 죽겠는데. 어???

다시 공간이 소용돌이처럼 돌아가더니 내 실험실로 돌아왔다.

돌아왔다! 어떻게 돌아온 거지? 아, 맞아! 어린 내가 마지막으로 한 말에 '행복'이 들어 있었어. 내가 다시 돌아오려면 어린 내가 사탕 껍질에 적힌 단어를 말해야 하는 걸까?

일단! 지금 몇시지?

4시 31분? 뭐야, 시간이 1분도 안 흘렀잖아! 휴, 다행이다. 오늘 꼭 끝내야 하는 보고서가 있었는데. 그런데 저 사탕은 누가 보낸 거지? 아까 발송지 주소를 보니까 아무것도 안 적혀 있었어. 지금은 시간이 없으니 생각은 나중에 하고 나에게 닥친 일부터 처리해야겠어.

제 3장
이건 득일까 실일까?

휴! 드디어 끝냈네. 밤을 새우지 않았다면 제시간에 다 끝내지 못했을 거야. 어우 피곤해 먼저 좀 잘까? 아니야. 일단 이 사탕들에 대해서 생각해 보자.

먼저 이 사탕들은 누가 보낸 걸까? … 모르겠으니까 패스.

그러면 이 사탕의 능력을 알았으니 어떻게 처리할까? 그냥 내가 다 먹어버려? 솔직히 누군가에게 말해도 믿어 줄 거 같지도 않고, 이제 5개 남았으니 다른 사람에게 주기에는 아깝고, 그때 먹어서 나에게 아무 문제없었잖아. 이런 경험은 소중하고 신기하니까 그냥 내가 다 먹어야겠어. 일단 한숨 좀 자자.

.

.

.

OK. 컨디션 최상 이제 먹어야지. 이번엔 어떤 사탕을 먹을까? 음…, 분노? 재밌을 것 같은데. 먹어 보자.

나는 호기심에 못 이겨 분노라고 적힌 사탕을 먹었다.

바스락

이번엔 어디로 갈까?

실험실에서 학교로 공간이 바뀌었다.

여긴 학교? 내가 학교에서 화날 일이 있었나?

"나는 왜 너희랑 같이 놀 수 없는데?"

누가 싸우고 있나? 그나저나 이 목소린 어린 나의 목소리인 것 같은데? 어? 저 아이는 정소희잖아? 그럼 이때는 초2 때인가….

"난 네가 싫으니까"

"내가 왜 싫은데?"

"그냥. 그냥 난 네가 싫어!"

"그냥? 그냥 내가 싫기 때문에 나랑 놀지 않은 거라고? 그냥 내가 싫기 때문에 계속 나를 무시한 거야?"

"그래. 너 진짜 짜증난단 말이야. 애들아, 우리 저런 애랑 말 하지 말고 가자."

재들은 왜 그때 나에게 저런 말을 했을까? 어른이 된 이후에 생각을 해봐도 재들이 나에게 왜 그렇게까지 한 건지 모르겠단 말이야. 이 사건 때문에 한동안 나는 나한테서 문제를 찾으려고 했었지. 어린 내가 얼마나 상처받았을까?

"씨익씨익."

어린 나의 숨소리가 거칠다.

미안해. 지금은 그저 지켜볼 수밖에 없어서. 내 목소리를 어린 나가 들을 수 있다면 좋을 텐데. 만약 내 목소리를 들을 수 있다 면 저런 나쁜 애들과는 친구가 될 필요 없다고, 세상에는 좋은 친구들이 많으니 저런 애들은 무시하라고 말할 거야.

'울음이 나오려는 걸 간신히 참았어. 난 분명 친구들에게 잘

못한 것이 없는데 왜 나를 무시하는 걸까? 도대체 내가 뭘 잘못했지? 나에게 무슨 문제가 있는 거야? 도대체 내가 뭘 잘못했다는 건대!!!

나 너무 화가 나. 나 너무 억울해. 나는 왜 무시당해야 할까? 아까 내가 '그냥' 싫다고 했지. 그냥이라는 이유로 사람을 이렇게까지 대해도 되는 걸까? 지들은 얼마나 잘났다고!

결심했어! 다시는 날 무시하지 못하게 난 누구나 좋아하는 아이가 될 거야! 그땐 나에게 친구가 되어 주라고 해도 난 개네들을 무시할 거야! 자신들이 나에게 그랬던 것처럼! 복수할 거야!'

다시 공간이 바뀌어 실험실로 돌아왔다.

내가 그때 이런 생각을 했었구나. 이날 이후로 나는 열심히 공부했지. 열심히 공부해서 받아쓰기 시험에서 매일 100점을 맞았고 '누구나 좋아하는 아이'가 되기 위해 노력했어. 그 결과 3학년 때 난 인기 있는 아이가 되었지.

그때부터 난 더욱 공부를 열심히 했어. 내가 공부하는 이유는 나 자신을 위해서가 아니라 다른 사람들에게 보여주기 위해서로 바뀌게 되었지. 그리고 누구나 좋아하는 아이가 되기 위해 나는 나 자신을 억압했어. 친구들의 눈치를 보느라 날 적극적으로 표현하지 못했어. 늘 '내가 이 행동을 하면 친구들이 날 어떻게 생각할까?'를 고민했었지. 하지만 중학생이 됐을 때 난 나 자신을 위해 공부하기로 마음먹었어. 그리고 더 이상 다른 사람들의 눈치를 보지 않겠다고 결심했지…….

모든 사탕이 행복사탕처럼 마냥 재밌진 않나 보네.

***

또다시 아침이 밝았다.

밖에 비가 오네… 어제는 참 많은 생각이 드는 그런 날이었던 것 같아. 비가 와서 그런지 기분이 더 안 좋네. 그런데 어제 일로 한 가지 의문이 들었어. 난 어떻게 돌아온 거지? 분명 어린 내가 한 말에 '분노'라는 단어는 없었어.

분노와 화가 같은 의미여서 그런 건가? 아니면 내가 돌아오는 방법이 어린 내가 사탕 껍질에 적힌 단어를 말하는 것이 아니라 다른 방법이 있는 걸까? 참 알다가도 모르겠네. 사탕을 하나 더 먹어봐야지 알 수 있겠는걸.

그런데 '?'라고 적힌 사탕은 왜 마지막에 먹어야 하는 거지? 궁금해서 미치겠네. 빨리 다른 사탕들을 먹어봐야겠어. 이제 사탕이 4개 남았네.

오늘은 기분이 다운되었으니까 '뿌듯함' 사탕 이걸 먹어야겠다.

바스락

보나마나 뿌듯함은 성적표를 받았을 때겠지 뭐. 너무 뻔하다. 뻔해.

실험실에서 공연장으로 장소가 바뀌었다. 감미로운 피아노 소리가 귀에 들려온다.

여긴 어디지? 음… 여긴 공연장이잖아? 현수막에 뭐라고 적혀 있는 거지?

【제 43회 초등학생 피아노 대회】

어? 피아노 대회? 그러면 내가 4학년 때잖아! 아직은 내 차례가 아닌가 보네. 어린 나는 대기실에 있겠지? 가보자.

역시 대기실에 있었군. 이때 난 처음으로 나가는 피아노 대회였기에 매우 긴장했었지.

'으 너무 떨려. 다음이 내 차례라니. 잘할 수 있겠지? 그래 난잘 할 거야! 엄청 열심히 연습했으니까.

앗! 곡 끝나가잖아! 나연아 잘 하자 파이팅!'

내가 이다음 차례인가 보구나. 곧 앞사람의 연주가 끝나가려하네. 지금 연주하는 애 꽤 하는걸? 어린 내가 더 긴장하는 거아니야? 그러고 보니 내가 무슨 곡을 쳤었지? 난 상 받았었나?

너무 오래전 일이라 기억이 안 나네.

"참가자 번호 19번 주나연양. 무대 위로 올라와 주세요. 주나연양이 칠 곡은 브람스의 '헝가리 무곡'입니다."

오~ 헝가리 무곡. 샵이 3개나 있는 걸 이 나이에 친다고? 역시 나야.

'무대에 올라오니까 더 떨려. 휴- 잘하자!'
어린 나의 현란한 연주가 시작된다.

오, 시작이 좋은데? 이대로만 간다면 상 받을 수 있겠어.

어느덧 곡이 끝에 다다랐다.
'곧 있으면 끝이다.'
삑!
'엇? 안 돼! 파샵을 쳐야 하는데 파를 쳐버렸어. 일단 마무리는 멋지게 하자.'

방금 실수한 것 같은데? 제발 심사위원들이 눈치를 못챘으면…

곡이 끝났다. 박수 소리가 들려온다. 어린 나는 박수 소리와 함께 퇴장하였다.

실수 때문에 어린 내가 속상해하면 어쩌지? 이게 왜 뿌듯함인 거야? 아무튼 어린 내가 걱정되네.

모든 참가자의 연주가 끝이 났다. 모두 훌륭한 연주였다. 지금 상 수여식을 진행하고 있다.

"금상은 참가자 번호 4번 한수현입니다."

와~~~

"대망의 대상은 바로! 참가자 번호 18번 박현우입니다. 축하합니다."

와아아아~~~

아까 어린 내가 치기 전에 연주한 참가자잖아. 아까 보니 잘 치던데 결국 대상을 받았군. 그러면 난 아무 상도 받지 못한 건가? 어린 나는 괜찮을까?

'이제 수상식도 끝났네. 끝나서 그런지 뭔가 홀가분해. 비록 상은 못 받았지만 그래도 난 좋아. 이렇게 많은 사람들 앞에서 연주를 했다는 것만으로도 즐거우니까. 그것보다 내가 매일 열심히 연습한 결과물을 사람들에게 들려줄 수 있다는 것이 더 기뻤어. 실수했을 때는 아쉬웠지만 다음 대회에선 상을 받을 수 있도록 더 노력해야겠어!'

쓸데없는 걱정이었구나. 그래 이래야 나답지.

공연장에서 실험실로 돌아왔다.

난 요즘 계속되는 실험 실패에 지쳐 있었던 것 같아. 앞으론 실패했다는 사실에만 목매달려 있지 말고 실패를 밑거름 삼아 이번보다 더 나은 실험 결과를 만들도록 노력해야겠어!

"그래. 이런 부정적인 감정 따윈 극복해 버리자!"

* * *

드디어 오늘은 날씨가 화창하군! 그런데 내일부터 또 비가 계속 오잖아! 장마철이라 그런가. 이제 사탕이 몇 개 남았지? 총 3개 남았네. 근데 남은 사탕들에 적힌 감정이 죄다 부정적이잖아! 비오는 날 이런 사탕들을 먹으면 기분이 더 안 좋아지겠는데? 하는 수 없이 사탕 1개는 오늘 먹어야겠어.

그런데 이젠 확실히 알겠어. 내가 돌아오는 방법은 어린 나가 사탕 껍질에 적힌 단어를 말해야 하는 것이 아니야. 뿌듯함 사탕을 먹었을 때 어린 나는 뿌듯하다는 말을 안 했다고! 그냥 어린 내가 그 감정을 느끼면 내가 다시 돌아오는 것 같아. 그럼 이제 '슬픔' 사탕을 먹어볼까?

바스락

그렇게 많이 슬프진 않았으면 좋겠어. 그다지 좋은 기억은 아닐테니까.

＊＊＊

여기저기서 통곡 소리가 들려온다. 구슬픈 울음소리로 가득하다. 무슨 소리지? 누가 우나? 여긴 장례식장…이구나….

"어린 애가 불쌍해서 어쩌나. 자기 외할아버지 죽을 때 같이 있었다지?"

"그렇다 하더라. 자기 외할아버지가 죽는 걸 봤을 때 어떤 생각이 들었겠어? 어린 애가 안 됐지. 쯧쯧."

"엄마, 외할아버지 진짜로 죽은 거야?"

"으응. 외할아버지 하늘나라 가셨어…."

"그럼. 이제 외할아버지 못 보는 거야?"

"응. 못 봐…."

"보고 싶어도?"

"응…."

이건 내가 7살 때. 아마 외할아버지께서 돌아가신 지 3일쯤 지났을 때다. 외할아버지는 내가 4살 때 외할머니께서 돌아가셔서 혼자 사셨는데 엄마가 아빠와 이혼한 후 잠시 동안 나를 홀로 키워 주셨다. 그래서 그런지 나는 외할아버지께 깊은 애정을 가지고 있었다.

그런데 7월 5일 집에서 갑자기 심정지로 돌아가셨다. 그때 나는 장난감을 가지고 집에서 놀고 있었는데 외할아버지께서 갑자기 쓰러지시자 놀란 나는 119가 아니라 엄마한테 먼저 전화를 걸어버렸다. 엄마한테 상황을 말하고 119가 올 때까지 나는 그 자리에 주저앉아 울고만 있었다. 7살인 나는 심폐소생술 같은 것을 할 줄 몰랐기 때문이었다.

그래서 초등학생 때 학교에서 심폐소생술을 배우고 나서 '내가 그때 심폐소생술을 했다면 외할아버지를 살릴 수 있었을 텐데.'라며 후회하곤 했었다. 그걸 배우고 나서 한동안은 계속 울었던 것이 아직도 잊혀지지 않는다.

"듣기론 누군가 바로 심폐소생술을 했다면 살 수 있었을지도 몰랐다면서?"

"그렇다던데. 그런데 7살 난 애가 어떻게 했겠어. 그때 어린애 말고 어른 한 명이 있었다면 살았을지도 모르지. 운이 안 좋았어."

이 할머니들은 무슨 말을 하시는 거야. 휴 어린 내가 못 들어서 다행이지. 외할아버지께서 쓰러지셨을 때 난 아무것도 할 수가 없었어. 그냥 외할아버지께서 이대로 잘못되시는 건 아닐까 무서워서 울기만 했어. 내가 할 수 있는 건 우는 것밖에 없어서 아무것도 할 수 없다는 무기력함이 나를 더 슬프게 만들었지.

난 지금도 그때로 돌아갈 수만 있다면 돌아가고 싶어. 그래서 그때는 외할아버지를 못 살려도 좋으니까 뭐라도 할 거야. 지금처럼 이렇게 후회를 안 할 수만 있다면.

'엄마가 계속 울어서 나도 슬퍼. 엄마가 안 울었으면 좋겠어. 그런데 진짜로 이제 다신 외할아버지를 못 보는 걸까? 나 벌써부터 외할아버지 보고 싶은데. 외할아버지랑 그날 저녁에 만두 먹으러 가자고 약속했는데 하늘나라에 가버리다니 외할아버지 미워.

사실 하나도 밉지 않으니까 외할아버지가 하늘나라에서 다시 돌아왔으면 좋겠다. 아직 할아버지랑 하고 싶은 게 많은데. 할아버지 하늘 땅만큼 사랑해요. 그리고 너무너무 고마워요.'

***

장례식장에서 실험실로 다시 돌아왔다. 얼굴에서 뜨거운 무언가가 흘러내린다. 오늘 왠지 외할아버지가 더욱 보고 싶다.

제 4장
심해

쏴아!

빗방울이 창문을 때린다. 며칠째 비가 오고 있다. 장마라서 그런가 보다.

으아, 지루해. 밖에 며칠 동안 비가 와서 어디 나가지도 못하고! 지난번 사탕은 슬픔이라도 그렇지 너무너무 슬펐어. 현실로 돌아와서 몇분 동안은 계속 울었다고. 그리고 만약 내가 어린 나를 만질 수만 있다면 그 눈물을 닦아주고 싶었는데… 그러고 보니 곧 외할아버지 기일이니까 올해도 잘 챙겨야겠어.

이제 사탕이 2개 남았지? '?' 사탕이랑 '우울함' 사탕이 남았구나. 설명서에 '?' 사탕은 제일 마지막에 먹으라고 했으니까 오늘은 '우울함' 사탕을 먹을 수밖에 없네. 아, 근데 비 오는 날에 먹으면 더 우울해질 것 같은데 오늘 먹어야 하나? 하… 그냥 빨리 먹고 끝내자.

바스락

뭐 별거 없겠지.

***

쏴아!

이번엔 또 어디지? 그런데 여기도 비가 오네. 어? 빗방울이 날 통과하잖아? 신기하네. 그나저나 여긴 내가 초등학교를 다닐 때 지나던 길인 것 같은데. 어린 나는 어디 있는 거지?

어! 저기 있다. 초 6쯤 되어 보이네. 근데 우산을 안 쓰고 비를 맞고 있잖아? 뛰어가지도 않고 걸어가네. 왜 그러는 거지?

'비가 많이 오네…. 비에 젖을수록 몸이 무거워져 걸음이 느려지는 것 같아. 돈을 안 가져와서 우산도 못 사고. 학교에서 늦게 나와서 같이 갈 친구도 없고. 엄마한테 전화해도 바쁘셔서 못 오실 테니까 비를 맞고 가는 수밖에 없어.'

쏴아!

'비도 오고 아무도 없는 이 거리를 나 혼자 계속 걷다 보니까 많은 생각이 드는 것 같아. 이 세상에 나 같은 사람이 또 있을까? 그럴 리는 없겠지만 나만 불행한 사람인 것 같아. 모두 다 즐거운데 나만 행복하지 않은 것 같다고.

이 학교에 나와 같은 아픔을 겪은 사람이 있을까? 눈앞에서 사랑하는 사람을 잃고 부모님이 이혼한 것을 지켜본 사람 말이야. 물론 그런 사람이 있을지도 모르지. 하지만 아픔의 깊이는 다를 거야.

난 요즘 내가 누군지조차 모르겠어. 다른 사람들의 눈치를 보느라 나 자신을 잃어버린 것 같아. 이젠 내가 무엇을 잘하는지, 무엇을 좋아하고 싫어하는지도 모르겠어.

이 세상에서 외톨이가 된 기분이야. 누구도 나를 찾아주지 않는, 내가 없어도 세상은 잘만 돌아가는 그런 쓸모없는 사람이 된 것 같아.'

터벅터벅

'나 정말 한심하다. 이런 생각이나 하다니. 오늘도 그래. 친구가 자기 아버지께서 무슨 일을 하시는지 말할 때 난 아버지에 대해 아무것도 몰라서 부끄러워하기나 하고.

난 항상 친구가 자신의 부모님 얘기를 할 때 마음을 졸였지. 혹시 친구가 나에게 내 부모님에 대해서 물어볼까 봐 말이야. 난 아빠가 없다는 사실을 숨기기 위해서 일부로 집에 친구들도 초대하지 않았어. 친구들이 눈치챌까 봐. 난 이런 내가 한심해.'

쏴아!

비 때문에 구분하기 어려웠지만 난 알 수 있었다. 어린 나의 뺨에 흐르고 있는 것은 빗방울이 아니라 눈물이었다는 것을.

'난 도대체 왜 이러는 걸까. 난 내가 싫어. 외할아버지께서 쓰러지셨을 때 아무것도 안 해서 결국 할아버지를 죽음에 이르게 한 내가, 나를 괴롭히는 아이들에게 말 한 마디도 제대로 하지 못한 내가, 부모님이 이혼하실 때 울기만 한 내가, 이 모든 것들을 후회하고 꿈속에서도 또 후회하고 괴로워하는 내가 정말 싫어!'

나는 그저 울고 있는 어린 나를 쳐다보았다. 무슨 말을 해도 어린 나에게 아무것도 들리지 않을 것을 아니까. 하지만 이 한마디는 꼭 전해 주고 싶었다. 이 모든 일들은 어쩔 수 없는 일이었다고, 네 잘못이 아니라고. 내가 어린 나에게 어떤 말도, 어떤 행동도, 어떤 것도 할 수 없다는 사실은 이 무기력함이 나를 또 괴롭게 만들었다.

그래도 나는 어린 나에게 다가가서 꼭 안아 주었다. 어린 나는 아무것도 느끼지 못할 것이지만 그래도 꼭 안아 주었다. 그리고 아무도 듣지 못할 말을 했다.

"미안해. 내가 너에게 아무것도 해줄 수가 없어서. 그저 바라봐 줄 수밖에 없어서. 괴로워하는 너를 위로해주지 못해서. 내가 너무 미안해."

***

다시 실험실로 돌아와도 나는 계속 누군가를 안고 있는 듯한 자세를 유지하였다. 그리고 계속 울었다. 한번 빠지면 끝도 없이 가라앉을 것 같은 심해에 침몰되는 기분이었다.

제 5장
오늘의 감정은?

우울함 사탕을 먹은 지 일주일이 지났다. 나는 그때 느낀 우울함을 지금도 느끼고 있다. 그만큼 그때 받은 고통이 컸다.

오늘도 어김없이 해가 떴네. 내가 사탕을 안 먹은 지 며칠이 지났을까? 한 일 주일은 된 것 같아. 이제 사탕 한 개가 남았지? '?' 사탕이었나? '?' 사탕을 먹으면 무슨 감정을 느끼게 될지 몰라서, 지난번처럼 날 무기력하게 만들까 두려워서 아직까지 먹지 않았어. 하지만 이제는 먹어도 괜찮을 것 같아. 난 준비가 됐어. 과연 어떤 감정일까?

바스락

....

뭐지? 왜 공간이 바뀌지 않는 거야? 이런 적은 한 번도 없었는데. 어떻게 된 거지? 다시 한번 사탕 껍질을 확인해 봐야겠어. 어? 사탕 껍질 안쪽에 글씨가 써져 있네?

'지금 당신이 느끼고 있는 감정은?'이라고 적혀 있어.

내가 지금 느끼고 있는 감정이 뭐지? 행복? 분노? 뿌듯함? 슬픔? 우울함?

잘 모르겠어. 도대체 이 '?' 사탕은 나에게 무슨 감정을 느끼게 하고 싶은 걸까?

끼익….

응? 문 열리는 소리가 들렸는데 누가 왔나? 누구지? 내 친구 누구도 내가 일하는 곳을 모르는데 혹시 도둑인가? 한번 확인해 봐야겠어.

어??? 나잖아! 그런데 좀 나이 들어 보이는데? 혹시 미래에서 온 나인가? 하긴 내가 과거에도 갔다 왔으니까 미래의 나가 지금의 나를 찾아오는 것이 별로 놀랍진 않네.

"내가 준 선물 잘 받았니? 먹어보니 어땠어? 괜찮았어?"

"저기, 근데 누구세요. 혹시 미래에서 온 나예요?"

"응, 맞아. 난 너야. 미래에서 왔지. 너의 질문에 대답해 줬으니까 이제 네가 내 질문에 대답해 줄래?"

"당신은 미래의 나니까 말 놓을게. 응, 잘 받았어. 난 너한테 묻고 싶은게 많아. 대답해 줄 수 있어?"

"응. 근데 시간이 얼마 없으니까 빨리 질문해 줘."

"일단 이거 혹시 네가 만든 거야? 감정 사탕 말이야."

"응, 내가 만들었어."

"그러면 이 사탕을 왜 나한테 보냈어?"

"그건 네가, 그니까 내가 이 나이 때 지속되는 우울함 때문에 힘들었잖아. 실험을 할 때마다 계속 실패해서 무기력했었지. 감정 사탕을 보냄으로써 널 기운 나게 해주려고 했어."

"그러면 왜 분노 사탕, 슬픔 사탕, 우울함 사탕 같은 부정적인 사탕도 같이 보냈어?"

"그건 네가 이 사탕들을 통해 무엇인가 깨닫기를 원했어. 근데 아직 안 깨달은 것 같네."

"그게 뭔데? 아 맞다! '?' 사탕은 도대체 뭐야? 이걸 먹고 네가 왔으니 이 사탕은 미래의 나를 부르는 사탕이야?"

"그 사탕의 역할 중에 그것도 있긴 하지만 주된 역할은 아니야. '?' 사탕도 네가 무엇인가를 깨닫게 하기 위해서 만들었어."

"그러니까 그게 뭔데?"

"그건 너 스스로가 알아내야 해. 어, 시간 다 됐다. 얘기해서 즐거웠어, 과거의 나. 꼭 내가 의도했던 뭔가를 알아내길 바랄게. 그럼 안녕!"

"잠깐만 기다려! 난 아직 묻고 싶은 게 남았단 말이야. 야!"

진짜로 가버렸네. 사라져버렸어. 도대체 내게 전하고자 하려던게 뭐지? 아니 왔으면 알려주고 갈 것이지.

일단 다시 생각해 보자. 분노 사탕, 슬픔 사탕, 우울함 사탕, '?' 사탕을 통해서 나에게 무언가를 알려주려 했다고 했지? 이 4가지 사탕의 공통점이 뭘까? '?' 사탕을 빼면 이 사탕들은 다 부정적인 감정이야. 공통점은 이거밖에 없는 것 같은데?

아! 이 사탕들만 생각해 보면 안 됐었어. 미래의 나가 감정 사탕을 이라고 했으니 6개의 사탕 전체를 가리킨 거야. 아니 그래서 도대체 뭐지? 뭘 전하려 했던 거야?

생각해 보면 이 감정들은 다 내가 한 번씩은 느낀 감정들이야. 그리고 이 감정들은 하루에 여러번 번갈아 가면서 나타나지.

아, 그래! 난 요즘 무기력함 말고는 거의 느낀 게 없었어. 그러고 보니 사탕을 먹었을 땐 안 나왔지만 분노, 슬픔, 우울함 이 감정들을 난 나중에 다 극복해냈어. 이러한 부정적인 감정들을 난 잘 이겨냈고, 오히려 이 부정적인 감정들로 인해 행복, 뿌듯함 같은 감정들의 가치가 더 크게 느껴졌어.

아마 미래의 나는 지금의 내가 이 무기력함을 잘 극복하고 행복해지기를 원해서 감정 사탕을 보낸 것 같아. 아니 이런 거였으면 말을 해주고 가지.

그래. 난 다시 행복해지고 말 거야!

미래의 나! 나에게 깨달음이라는 선물을 줘서 고마워! 나도 미래에 감정 사탕을 만들어서 우울함으로 고생하고 있는 과거의 나를 도와줄게!

내일의 감정은 뭘까?

많이 부족한 글을 끝까지 읽어 주셔서 감사합니다. 글을
쓰는 것이 쉬울 줄 알았는데 생각보다 많이 힘들더군요. 특
히 제 소설이 판타지다 보니 경험하지 않은 일을 쓰는 것이
란 매우 어려웠습니다. 그래서 그런지 한 번도 나가지 않은
피아노 대회, 아직 경험해 보지 못한 소중한 사람의 죽음 같
은 에피소드에서 설명이 부족했던 것 같습니다.

　작가소개 중 '제목을 생각하며 읽어 주세요'라는 글을 기
억하시나요? 이 소설의 제목을 '선물'이라 지은 이유는 감
정 사탕을 미래의 나가 현재의 나에게 주는 선물이기 때문
입니다. 현재의 나는 그 감정 사탕으로 과거의 기억을 다시
한번 경험하고 슬럼프를 극복하게 됩니다. 부정적인 감정들
을 극복해나가는 과정을 보고 여러분도 무엇인가를 극복하
시기 바랍니다. 다시 한번 제 글을 읽어 주셔서 감사합니다.

바람 앞의
등불

—

이현준

작가
소개

- 이름: 이현준
- 나이: 만13세 (중2)
- 좌우명: 될 놈은 된다. 될 놈이 되자.
- 내가 좋아하는 책: 15소년 표류기
- 현재 관심사: 고교학점제
- 이 책을 읽는 당신에게: 이 글을 읽으면서
조금이나마 즐겁길 바라며, 소설의 매력을
당신도 느꼈으면 좋겠다.

프롤로그

"그래. 부탁이라는 게 뭐지?"

노인과 중년의 남자가 대화하는 듯 보였다. 노인은 조금 불안한 듯 눈을 찌푸렸다.

"하지만 그건 규칙에 어긋나. 외부인은 자네 하나면 충분해. 괜한 욕심 부리게 말게. 자네가 여기에 있을 수 있는 것만으로도 기적이니."

"하지만… 꼭 필요한 일입니다. 저희 가족을 위해서요."

"자네가 내게 진 은혜를 잊지는 않았겠지. 그대 아들이 어떤 사람인 줄 알고 함부로 들이나."

"… 부탁입니다."

노인은 잠시 생각하더니 결정을 내렸다.

"자네, 이번 한 번만일세."

"감사합니다."

Chapter 1

아침이에요, 일어나요! 해가 널 반갑게 반겨줘요!

달칵!

참 요란하게도 깨운다. 시계를 보니 8시 40분, 아무래도 이 알람도 그른 것 같다. 나에게 상쾌한 아침은 언제쯤 오게 될까. 아무래도 담임에게 또 혼날 것 같다.

준비하고 나가는데 전광판에 아침 9시 뉴스가 나온다. 신기하게도 학교 가기 전 아침 9시 뉴스는 정말 재밌다.

"속보입니다. 요즘 청소년의 자존감이 계속 떨어지고 있습니다. 또한 부정적인 감정과….”

내용이 뭐 저래? 오늘따라 재미없다.

교문 앞에 도착하자 우리 경비가 반겨준다. 오늘도 그 얼굴은 분노와 집념으로 차있다. 저 집념으로 공부했으면 서울대라도 갔겠네. 세상 모든 나쁜 감정을 빚어 만든 악마 같다.

하지만 난 나비처럼 날아 담장 너머에 착륙하고 알 수 없는 희열을 느낀다. 학교생활의 급식 다음가는 낙이다.

“야, 서찬호!”

뒤돌아보니 익숙한 얼굴이다. 여기서 내 이름을 부르는 사람은 몇 안 되니 솔직히 좀 짜증이 나는 것 빼고는 좋은 녀석이다.

“담임이 너 불러오래. 화 많이 난 것 같은데?”

아무래도 상관없다.

“가는 김에 나 벌점 좀 지워달라고 해줘! 알았지? 부탁이야!”

그건 심부름 아닌가.

“찬호야, 제발 좀!”

어제도. 그제도. 오늘도. 아마 내일도 난 교무실에 앉아 있을 것이다. 똑같은 소리를 했을 때 듣지 않으면 포기해야 하는데 아무래도 이 선생은 포기를 모른다.

좋은 태도지만 교무실에서 이러고 있으면 쪽팔리지 않나?

"너 오늘로 몇 번째 지각인 줄 아니?"

"창수가 벌점 빼 달라는데요."

"개학하고 한 달밖에 안 됐는데 벌써 몇 번째 지각이니…."

"저 뒤에 있는 빵 하나만 먹어도 돼요?"

아침을 못 먹었더니 허기가 졌다.

"…먹으면서 들어라. 아무리 네가 힘들다지만…."

우물우물…

이거 생각보다 맛있다.

"야, 찬호야! 어떻게 됐어? 벌점 빼 준대?"

"아니."

"아, 왜에에! 너 제대로 말 안 했지?"

"초등학생도 아니고 아, 왜에에가 뭐냐."

"그게 어때서? 젊어 보인다는 거지??"

"아니. 철이 없어 보인다는 거야."

벌써 2시간이 지났다. 3교시까지 설교를 한 담임이나, 그걸 버틴 나나 대단하다.

"일어나서 발표해 볼 사람?"

조금만 참자. 조금만.

"그래, 그래서 X는 x/1이고 Y는 y/2니까 a는…."

5…4…3…2…

딩동댕동.

점심시간이다. 내가 학교에 오는 이유인 때다. 살기 위해 학교에 온다지만 내 기준으로 살기 위해 오는 건 공부가 아니라 정말로 살기 위해 오는 거다. 그래도 밥은 무상으로 주니까. 오늘따라 생각이 많아서인가. 밥이 잘 넘어가지 않는다.

하굣길에는 항상 아이들이 많다. 저 아이들은 어쩜 저렇게 즐거울까? 중간고사도 있고 기말에 수행도 있는데. 저 아이들은 왜 기쁠까?

사실 머리를 굴려서 나올 문제는 아니다. 내가 철학자도 아니고, 왜 이런 고민을 하는 거지? 생각하다 보니 금방 집이다. 집에 들어가야 할까? 집에 가봤자 설교만 듣는데….

오늘은 편의점에서 때우는 걸로 하고 가까운 편의점에 갔다.

식욕이 한창 많을 때이지만 정작 나는 그렇게 많이 먹지 않는다. 혈기왕성한 시기에 식욕이 없어서 그나마 다행이라고 할까? 편의점에서 때운 저녁이 몇백 끼는 되지만 오늘 나는 유독 외롭다.

집에 들어오자마자 아빠가 설교하신다.

"너, 밥은 먹고 다니니?"

"네, 편의점에서 때웠어요."

"내가 그러지 말라고 몇 번이나 말했….."

"식비 모자라잖아요. 아껴야죠."

"그걸 아는 놈이 학교를 맨날 지각해?! 공부해서 직장을 얻어야 식비를 대지! 너 공부는 하니? 빨리 들어가서 공부나 해라."

공부가 중요한 건 나도 알아.

"또 성실하게 살아야 하고,"

아빠도 성실하지 못했잖아.

"하루하루를 사랑하면서 살아."

그래서 사랑하는 사람이랑 헤어졌나.

"들어가 볼게요."

아빠랑 말싸움하면 피곤하다. 그리고 좀 답답하다.

나에게 아빠에게, 모두에게…

Chapter 2

언제 잠들었지? 알람도 없이 일어나다니 오늘은 재수가 좋은 날인가 보다. 눈을 비비고 일어나자마자 입에서 소음이 튀어나왔다.

"아야!"

천장? 아니, 그럴 리가. 내 침대가 아무리 높아도 천장에 닿지는 않는다. 솔직히 말해서 침대라고 하기도 창피하다.

덜컹덜컹

쿵쾅거리는 소리에 머리를 한 번 더 박았다.

"아….."

너무 졸렸다.

밖에서 소리가 들려오고 나는 잠들기 시작했다.

"그래…. 여기까지 잘 데려왔군. 수고했네."

"이쪽 방향으로 오라고 말씀해 주세요. 이쪽이요."

"알겠네. 보아하니 이미 잠든 것 같은데, 이 수레부터 치우지."

여기는 어디지?

"하…. x발…."

눈이 휘둥그레졌다. 겉보기에는 평범한 곳 같은데. 난 분명히 침대에서 잠들었는데 여긴 어디지? 아니 침대가 맞나? 기억이 잘 나지 않았다. 무슨 드라마에서 나올 법한 들판에 잠들어 있었다. 주변 건물도 하나도 안 보이고.

게다가 가장 이상한 건 너무 한적했다. 갑자기 불안감이 엄습했다. 내가 어제 어떻게 잤더라? 집에 들어오고 침대에 누웠는데.

"저기….."

"악! x바 깜짝이야!!"

간 떨어지는 줄 알았다. 한 노인이 말을 걸어왔다.

"혹시 여행자세요?"

"네?? 그게 무슨, 그냥 눈을 뜨니까…"

"흠. 저쪽으로 가보시죠. 뭔가 찾을 수도 있을 겁니다. 아, 인사말을 깜박했네요. 감정의 세상에 오신 걸 환영합니다."

"감정의 세상이요?"

그 말을 곱씹을 새도 없이 흔적도 없이 사라졌다.

뭐, 좋아. 꿈이라고 생각하고 한번 가보지 뭐. 아까 이쪽 방향이라고 했으니.

만약 조금만 더 주변을 살폈다면 풀숲에 숨은 눈동자를 찾을 수 있었을 텐데….

Chapter 3

내가 깨달은 것이 있다. 일단 그 노인네가 거짓말을 한 것 같다. 어림잡아 이틀은 걸은 것 같은데 사람은 코빼기도 안 보인다. 둘째, 이곳은 절대로 밤이 찾아오지 않는다. 그리고 마지막으로 이것은 절대 꿈이 아니다. 유일하게 유추할 수 있는 단서는 그 노인이 한 말이다. 감정의 세상? 도대체 무슨….

펑!

폭발 소리가 났다. 고개를 들어 보니 저쪽에서 나는 것 같다. 드디어 사람을 찾은 건가?

우와. 대박!

이 마을은 빛의 도시처럼 아름다웠다. 마치 별빛 같달까?

사람들이 모여 다 같이 폭죽을 터트리고 있었다. 도대체 무엇 때문에 이렇게 노는지 알 수 없었다. 콘서트라도 하는 건가?

"저기요? 아무나 대답 좀….""

펑! 퍼버벙! 펑버버벙!

아 x나 시끄럽네.

그때 한 여자가 내게 다가왔다. 손에는 폭죽을 쥐고서.

"빨리 터트려 봐."

"?? 무슨?"

손에 든 폭죽을 바라보니 이상하게 터트리고 싶어졌다. 주변에 있던 화덕에 불을 지펴서 쏴 보았다.

그러더니…

모두 사라졌다.

Chapter 4

철썩!

이상하게 파도 소리가 났다. 나는 바닷가에 와 있었다. 바다 비린내가 내 코를 찔렀다.

'여기는 혹시?'

둘러보니 왠지 모르게 익숙한 풍경 속에 둘러싸여 있었다.

'여긴 내가 4살? 그래, 그즈음이었어.'

난 내가 어릴 적에 여행 온 바다에 와 있었다.

'내가 기억하는 대로라면 아마 지금쯤…'

이상하게 나는 보이지 않았지만 우리 부모님은 보였다.

'두 분이서 같이 있는 걸 얼마 만에 본 거지?'

서로 언쟁을 하는 듯 보였다.

'기분 굉장히 더럽네. 도대체 이런 장면은 왜 보여주는 거지?'

그러더니 엄마가 먼저 뒤돌아 휙 가버렸다.

그리고 갑자기…

"… 화내지 말았어야 했는데…."

철썩! 또 다른 파도 소리와 함께 내가, 과거의 내가 아빠에게 안겼다.

아빠는 미안하다고만 했다. 미안하다고만….

회오리바람이 몰아치며 다시 날 꿈으로 - 나는 이 세상을 꿈으로 믿기로 했다 - 돌려놓았다.

기분 굉장히 더럽네. 갑자기 축제가 흥겹게 느껴지지 않았다. 아니, 원래도 흥겹지는 않았지만.

'이런 폭죽은 누가 만드는 거지? 없애 버려야 해.'

두 손으로 잡고 무릎으로 할 수 있는 만큼, 최대의 힘으로 폭죽을 부러트렸다.

결론부터 말하자면 그 폭죽을 부러트리는 건 절대 좋은 방법이 아니었다. 그 폭죽을 깨뜨린 순간 내가 느낀 건 영원한 고통이었다.

내가 시험을 망치고 울고 있을 때라던가, 아빠와 다툰 일이라던가 내 모든 후회, 좌절감, 분노 등의 감정이 내 몸 안으로 쏟아져 들어왔다.

마침내 그 기억의 파도가 끝났을 때는 사람들이 마을의 물건을 망쳐 놓았다면서 날 마을에서 내쫓으려 했다.

"당장 내보내야 해요!"

"우리 폭죽을 돌려줘!"

"너 때문에 우리 축제가 다 망가졌잖아!"

너 때문에.

그 말을 여기서도 듣고 싶지는 않았는데.

마을의 장로뻘 되는 듯한 사람이 와서 물었다.

"보아하니, 우리 쪽 사람은 아닌 것 같은데. 왜 여기로 와서 폭죽을 부러뜨린 거요?"

"전…."

말문이 막혔지만 그래도 해야 할 말은 해야 할 듯했다.

"여기서 나가고 싶어요. 원래 세계로 갈래요."

난 이제 이 상황이 꿈만은 아니라는 사실을 깨달았다.

"다른 세계에서 왔다고?"

"여기까진 어떻게 온 거야??"

"자! 다들 조용!"

그 사람이 손을 치니 다들 입을 다물었다.

"찬ㅎ…. 여행자께서 이곳에서 나가고 싶으시다는 거죠? 그렇다면 이 물건이 제격일 겁니다."

그가 나에게 준 건 등불이었다. 아주 밝은 등불.

그런데 등불이 좀 이상했다. 바라보니 내 과거가 비쳤다. 다른 건 모르겠고 일단 행복한 기억이라는 건 바로 알아봤다.

"그 등불은 행복한 감정을 느낀 기억을 떠올리게 해줍니다. 나가기 위해서는 그 등불을 들고 출구에 빛을 비추면 됩니다."

"생각보다 쉽네요."

"하지만 중간에 부정적인 감정을 심하게 느끼면 꺼집니다. 등불이 꺼지면 영영 나가지 못하니 주의하시죠."

"영영이요?"

"네. 특히나 이곳에 있는 사람들은 부정적인 감정을 일으킬 수 있어요. 그래도 이 방법뿐입니다."

영 꺼림칙했지만 달리 방도가 없었다. 마을 사람들의 시선을 견디고 등불을 잡아들었다.

"전 어디로 가야 하죠?"

"이곳의 출구는 모든 곳입니다. 일단 마을을 벗어나면."

"어디로 가든 상관없다는 거죠? 알았어요."

지체할 시간이 없었다. 나는 빨리 이곳을 나가고 싶었다. 끔찍한 기억을 떠올린 이곳을.

마을을 벗어나자마자 바로 마을은 사라졌다. 아무래도 이곳에 어떤 특별한 힘이 작용하는 것 같았다.

이 등불이 행복한 기억이라는 거지?

등불을 살펴보니 아까와는 달리 행복한 감정이 새록새록 떠올랐다. 내가 처음으로 친구를 사귀었을 때 등의 상황이 떠올랐지만, 내가 학교의 문제아들에게 맞았을 때, 그래서 나도 한 대를 돌려줬을 때의 기쁨이 떠오르자, 등불이 어둡게 물들기 시작했다.

"뭐야, 이거! 안 돼! 그만해!"

다행히 다시 밝게 타는 등불을 보며 나는 생각했다.

'좋은 행복한 감정만 되나 봐. 근데 좋은 행복함이란 뭐지?'

그런 생각을 하며 나는 앞으로 나아갔다.

Chapter 5

걸었다. 또 걸었다. 하지만 출구는 보일 기색이 없었다.

도대체 언제쯤 도착하는 거냐고!

등불이 어두워지자, 나는 또 좋은 기억을 떠올렸다.

제발 꺼지지 마라.

제발, 제발.

제발…….

앞으로 한 걸음 더 내딛는 순간, 갑자기 안개가 걷히더니 큰 강이 나타났다. 좋아, 내 운이 그러면 그렇지. 강이라니, 난 수영을 지지리 못한다. 게다가 이건 강이라기엔 너무 크고, 깊었다. 저길 어떻게 건너지?

그런 생각을 하고 있는데 갑자기 누가 나를 불렀다.

"강을 건너고 싶니?"

"악! xx. 깜짝이야!"

"이리 와."

 나는 순순히 오라는 대로 왔다.

"네가 강을 건너게 해줄 수 있어?"

"그럼! 대신 대가가 있지."

그럼 그렇지.

"그래, 좋아. 네가 강을 건너게 해주면 뭐든 할게."

"이야기 하나 들려주지 않을래?"

"이야기? 그럴 시간 없어! 빛이 꺼져 간다고!"

그 아이는 얼굴은 웃고 있었지만 목소리는 진지했다.

"그건 네 사정이고, 이건 내 사정이야. 정당한 값을 받을 권리는 나에게 있어."

아무래도 순순히 비켜줄 것 같지 않았다.

"… 좋아, 무슨 얘기를 들려주면 되는데?"

빙긋, 그 아이가 웃는다. 마치 그 사람처럼.

"아주 간단해. 네가 기뻤던 기억을 하나 들려줘."

"내가 기뻤던 기억?"

돈이라도 달라고 할 줄 알았더니 의외다.

"그래, 그거면 돼. 단, 조건이 있어. 이야기 한 개를 들려 줄 때마다 우리가 위기를 극복하게 도와 줄 거야."

"우리는 누군데?"

잠시 생각하는 척을 하더니 나에게 말했다.

"너도 이미 알고 있을 거야. 나, 네가 아는 사람과 무척 닮았지?"

"… 엄마?"

"맞아, 그중에서도 엄마와 관련된 너의 행복한 기억을 하나 말해주면 돼."

엄마와 연을 끊지는 않았다. 가끔 만나기도 했다. 그렇지만 '행복한' 기억을 떠올리기는 쉽지 않았다. 그래도 왠지 이 아이에게는 털어놓을 수 있을 것 같았다.

"… 좋아, 생각났어."

"……."

"내가 바닷가에 와 있었을 때 일이야."

"바닷가?"

"응. 내가 4살 때였는데 그때가 아빠 엄마와 함께 간 마지막 여행이었지."

"그런데 표정이 기쁘진 않은데?"

"아, 그게 내가 마지막 여행이라고 했지? 그때 엄마와 아빠가 다퉜어."

"그 이후로 사이가 안 좋아졌고?"

"응. 근데 내가 여기까지 오는 동안 폭죽을 썼는데."

"혹시 감정 폭죽 말하는 거야?"

"감정 폭죽?"

"응. 그건 사용자의 기분에 따라, 자기가 느낀 감정의 상황을 보여주는 거야."

아. 그런 거였구나.

"응, 맞아. 그거야. 근데 거기서 아빠가 후회했거든? 화내지 말았어야 한다고. 솔직히 좀 한심해. 왜 직접 말하지 못한 거야?"

"너도 너의 진심을 말하지 않았잖아."

"뭐??"

"네가 엄마랑 아빠에게 진심을 말하지 않는 것처럼 너희 부모님도 서로간의 대화가 부족했던 거지. 생각해 봐. 가끔 소통이 모자라면 진심을 말하기 힘들어."

머리가 띵했다. 소통이라고?

"행복한 기억과 슬픈 기억이 섞여 있어도 어쨌든 행복한 기억도 있었으니까… 널 강 너머로 데려다줄게."

"고마워. 전부."

노를 저으면서 그 아이는 말했다.

"다른 사람들은 나처럼 호의적이지 않을 수도 있어. 그래도 참고 이야기를 들려줘야 해. 알겠지?"

"… 응."

"내가 한 말 꼭 기억하고!"

그 소리와 함께 그 아이. 내 엄마는 사라졌다.

현실에서 꼭 다시 만나야지.

내가 다짐하는 사이 어느새 전부 사라져 있었다.

Chapter 6

강을 건너자, 이번에는 산이 나타났다. 정말 가지가지 하는구나. 난 아직 그 아이와의 대화를 잊지 못하고 있었다.

"너도 너의 진심을 말하지 않았잖아."

"네가 엄마랑 아빠에게 진심을 말하지 않는 것처럼 너희 부모님도 서로간의 대화가 부족했던 거지."

그 아이는 도대체 누구였을까?

하지만 상상의 나래에서 벗어나자, 현실이 눈에 들어왔다.

에베레스트 산보다 높아 보이는 산이 버티고 있었다.

"x@%&!$^@*#&*@#%!"

하지만 화도 낼 수 없었다. 등불이 꺼지기 때문이다.

좋아, 긍정적이라 이거지.

"나는 이 산을 오를 수 있다!"

"나는 등산을 잘한다!"

갑자기

"좋은 말이네."

또 놀랐지만, 아까만큼은 아니었다.

"좋아, 이번엔 네가 산을 오르는 걸 도와준다는 거지?"

"아니."

"뭐??"

"나는 산을 오르게 도와주지 않아. 단지….."

그제야 그 사람이 눈에 들어왔다.

내 초등학교 4학년 때의 숙적, 내가 가장 증오하던 담임.

저 아이는 위험하다. 도망쳐야….

"네가 증오하던 기억을 나에게 한 개 털어놔. 그리고 그 사람을 원망해. 그럼 산을 오를 필요도 없이 내가 산 너머로 통과시켜 줄 거야."

그 아이의 목소리는 달콤했고, 찐득찐득하게 나를 유혹했다.

'산을 오를 필요도 없다면 편하지 않을까?'

하지만 무엇에선가 나는 꼭 이 산, 이 위기를 겪어야 한다는 생각이 들었다. 그 순간, 등불이 아주 밝게 타올랐다.

"으아악! 그거 치워!"

"너 혹시 이 등불 빛이 무서워?"

"쳇, 무서운 건 아니고. 그냥 빛을 싫어해….."

"그렇단 말이지."

나는 가까이 다가갔다. 그 아이는 미소 지으며

"좋아, 어떤 기억을 나에게 줄래?"

"…."

"뭐?"

"너를 증오하는 기억."

그제야 그 아이는 "잠깐만! 그만둬!"라고 외쳤지만 난 가볍게 무시하고 등불을 밝게 피웠다. 번쩍거리는 빛이 잠깐 지나가고 나자 그 아이는 사라져 있었다.

괜히 짜증나게 만들고 있어. 그러고 나서야 아까 내 엄마와 닮은 아이가 한 말이 떠올랐다.

'다른 사람들은 나처럼 호의적이지 않을 수도 있어.'

하지만 그 아이는 참고 이야길 들려줘야 한다고 했는데…

일단 이 산을 건너자. 그러면 되겠지.

그 다짐과 함께 나는 산을 오르기 시작했다.

Chapter 7

산을 오르는 건 고역이었다. 정말 고역이었다. 오르는 동안 내가 겪은 감정은 힘듦이었다. 힘들다는 감정인지는 모르겠지만, 삶에서 겪었던 모든 고난이 떠올랐다. 정말 힘들었지만 여전히 등불은 빛나고 있었다.

도대체 '행복'의 기준은 뭐지?

그렇게 오르고 또 올랐다. 그런데 시간이 가면 갈수록, 꼭대기까지 가면 갈수록 힘듦보다는 기쁨이나 성취감을 느낀 기억이 떠올랐다.

역시 산을 오르길 잘했어.

그렇게 꼭대기까지 오르고 나자, 등불이 아주 밝게 타오르며 엄청난 경치가 눈에 들어왔다. 여기, 생각보다 아름답다. 주위를 둘러보니 길이 엄청나게 뻗어 있었다. 장로가 어디든 가도 된다고 했지만 어디든 가도 된다는 뜻이 어디로 가든 성공한다는 뜻은 아닌 것 같았다.

나는 마음에 드는 길을 하나 점찍고 앞으로 발을 내딛는 순간!

갑자기 산 아래로 순간이동 되며 내려왔다. 참 신기한 곳이야. 이젠 정말 여정이 얼마 남지 않기를 바라며 나는 또다시 앞으로 나아갔다.

이번 길은 생각보다 빠르게 끝났다. 아까 산을 오른 시간에 비하면 눈 깜짝할 새라고 해도 과언이 아니었다. 그래서 그런가? 마음속이 불안했다.

'항상 난 좋게 끝나질 않던데.'

내 마음에 저항하는 듯 등불이 식자 그런 생각은 집어치우기로 했다.

'그래, 빨리 가면 좋은 거지. 암, 그렇고말고.'

Chapter 8

내가 고른 길은 분명히 비포장 길도, 자갈길도 아닌 흙길이었는데 숲길을 벗어나자마자 길은 울퉁불퉁하게 바뀌었다. 그래도 괜찮아. 내가 선택한 길이니, 끝까지 가야겠지. 어쩌면 난 이 세상에서 더욱 긍정적으로 바뀌었을 수도 있다.

"저기!"

"?"

"잠시 이리 와 볼래?"

이 사람은 베일에 가려져 있었다. 누구의 모습이냐에 따라서 아마 나에게 호의적인지 비호의적인지 알 수 있을 것 같은데. 목소리는 딱히 유혹적이지도, 달콤하지도 않았다.

"무슨 일이야?"

"내가 이 길을 건너는 걸 도와줄게."

"미안하지만 이미 길은 다 건넜는데?"

"과연 그럴까? 앞으로 쭉 가면 미로야. 그 길을 빠져나가야 네 원래 세상으로 돌아갈 수 있지."

"그러면 넌 미로를 지나는 걸 도와주는 거야, 아니면 미로를 통과할 필요가 없게 만들어 주는 거야?"

"네가 어떻게 하냐에 따라 다르지. 네가 원하는 대로."

아무래도 이 사람은 나쁜 사람은 아닌 것 같다. 등불 빛에 반응하지도 않고. 하지만 아무래도 베일이 수상했다.

"너 혹시 그 베일을 벗을 수 있어?"

"아마 후회하게 될 걸? 일단 이야기를 들려주고 나서…."

"아니, 꼭 지금 벗어야 해. 널 믿어야 하니까."

후회할 텐데.라고 중얼거리는 소리가 들렸지만 일단 얼굴을 확인하는 것이 먼저였다. 그리고 베일에 싸여 있던 모습은 내가 가장 싫어하고, 좋아하는 사람.

우리 아빠였다.

"후회할 거라고 했잖아."

"… 당신이 왜 여기 있어?"

"이봐, 난 그냥 감정이야! 네 아빠의 모습으로 보일 뿐이지.

아까 네 엄마처럼."

이유 없이 치밀어오르는 화를 누르고 나는 물었다.

"넌 뭔데?"

"… 사랑."

"거짓말."

"아니야."

"네가? 아니야. 난, 나는 너를 사랑하지 않아. 넌 그저… 혈연이지."

"… 방금 그 말은 좀 상처였다. 아마 너희 엄마에게도… 넌참 나를 닮았구나. 남을 상처 주면 안 된다는 걸 나도 최근에야 깨달았지."

"날 당신과 비교하지 마."

"아들아, 그건 네 진심이 아니…"

"맞아, 이게 내 진심이야. 우리 엄마가 말해 줬거든. 사람은소통하고 살라고."

뭔가 이상했다. 우리 엄마도 알고, 방금 날 아들이라고 불렀…

"진짜 우리 아빠야?"

그가 당황한 듯 보였다. 의심이 확신으로 바뀌었다.

"… 말실수를…."

"대답하라고. 아까도 물었잖아. 당신이 왜 여기 있냐고."

"널 기다리고 있었지."

"아빠가 나를 여기로 데려온 거야?"

"아들아. 그렇기도 하고, 아니기도 해. 나도 이 세계를 알아낸 지 얼마 되지 않았거든."

감정을 추스르려 했지만 잘되지 않았다.

화가 났지만, 화가 나지 않았다. 왜?

"현실에서 말해도 됐잖아."

"… 용기가 나지 않았지."

"당신은 겁쟁이야. 10년 전에도, 지금도 겁이 많아서 할 얘기 도 하지 못하고…."

나는 달려들어 아빠의 옷깃을 잡았다.

등불이 차갑게 식어가고 있었다.

글을
마치며

제 글을 다 읽으셨군요. 일단 감사하다는 말씀드립니다.

글을 쓰는 게 절대 쉽지 않을 것 같았지만 놀랍게도 쉬웠습니다. 아니면 글을 쓰다 보니 너무 재미있어서 쉽게 느껴진 것일지도 모르죠.

주제를 정할 때부터 글을 쓸 때 동안 계속 고뇌에 빠졌고, 너무 유치한 건 아닐까 걱정부터 앞섰죠. 그리고 오탈자를 수정하는 것도 어려웠죠. 하지만 그런 모든 것들이 다 덮일 정도로 저는 즐거웠습니다. 흔히 창작의 고통이라고는 하지만 저는 창작의 기쁨을 느꼈습니다.

여러분들도 자신이 즐거워하는 일을 꼭 찾기를 바랍니다. 마지막으로 다시 한번 부족한 제 글을 읽어 주셔서 감사합니다.

네버랜드

박지연

- 이름: 박지연
- 나이: 만14세 (중2)
- 좌우명: 내가 X나 짱이다.
- 내가 좋아하는 책: 광장
- 현재 관심사: 장래희망
- 이 책을 읽는 당신에게: 이 글을 읽으며
  조금이라도 상상과 위로가
  불어들어오길 바랍니다.

아침부터 고함소리가 방문을 넘어 들어왔다. 날카로운 소리가 내 머릿속을 찌를 듯이 방문을 넘어 들어온다. 공기가 텁텁해져 간다. 3명이 있는 집에 나 혼자 분주하다.

"다녀오겠습니다."

잠시 흘깃거린 눈길의 끝에는 침대에 누워 있는 엄마의 뒷모습이 보였다.

***

"야, 도아윤. 그거 들었어?"

강아리와 송아진이 다가와 동시에 물었다.

"…?"

"건승휘 가출했대."

"왜?"

"아빠한테 대들다가 엄청나게 맞아서 집 나갔다던데."

"…."

강아리와 송아진은 남 얘기를 멋대로 수군거렸다.

딩동댕동

"안녕히 계세요!!"

아이들의 시끄러운 인사 소리와 함께 종례를 마치고 집에 가려던 순간 늘 그랬듯이 옆자리 백유현이 나에게 말을 걸었다.

"야, 손 줘봐."

가끔 간식 같은 걸 주던 백유현이기에 순순히 손을 내놓았다. 장난기 가득 머금은 미소로 내게 간식이 아닌, 책 한 권을 내 손에 쥐여주었다. 표지에는 [네버랜드]라는 단어 외에는 아무것도 적혀 있지 않았다. 안쪽 또한 아무것도 없는 백지였다. 나는 그 책을 가방에 넣고 길을 걷기 시작했다.

'얘는 이걸 나한테 왜 준 거지….'

백유현과 책 등 영양가 없는 생각으로 멍을 때리다 보니 벌써 4시 30분이었다. 지친 몸 때문에 집으로 바로 들어갈까 생각했지만 냉랭한 집이 지친 내 몸을 녹여줄 순 없어 보였다.

"아…. 가지 말까…."

한 번쯤은 괜찮겠지.

"돈도 없고 뭐 하지…."

길거리 의자에 앉아 괜히 가방을 휘적거리던 나는 백유현이 준 책을 꺼냈다. 그리고 네버랜드라 적힌 표지를 가만히 쳐다보았다. 집에 연습장은 많기에 딱히 필요가 없다싶어 의자 위에 책을 그대로 두고 왔다.

그렇게 정처 없이 광장을 맴돌다, 한 카페를 발견했다. 이름은 [채기랑 카페]였다. 카페인 듯하다. 오랜만에 여유나 즐길까 싶어 카페에 들어갔다.

내 예상을 뒤집고 그곳은 북카페였다. 그곳에는 나를 제외한 3명이 있었다. 나와 사람들, 그리고 사장님의 미친 친화력 덕분에 여기 온 지 30분 만에 모두와 친해졌다.

그들은 각기 다른 사정으로 여기 와 있었다. 먼저 6살짜리 지후는 진짜 책이 좋아서, 18살 지혜 언니는 성적을 올리기 위해. 22살 경수 오빠는 군대에 가기 전 마지막으로 느껴보는 교양이라고. 그런데 경수 오빠는 그 이야기를 하고 울었다. 군대에 가기 싫다고 생떼를 부리면서. 저런 사람이 군대 가서 어떻게 버티려나…. 그리고 사장님은 다른 사람들이 책의 진가를 알길 바라며 이 가게를 차렸다고 얘기했다. 마지막으로 나는 고민만 하다 끝났다.

아직도 정확한 답은 모르겠다. 그곳에 왜 들어갔는지도 아직 잘 모르겠다. 그렇게 우린 각자에게 맞는 책을 보며 각자 목표를 위해 한 걸음 내딛고 있었다. 난 그곳에서 소설책을 읽었고 오랜만에 읽어보는 책에 빠르게 스며들었다.

어느새 시간은 7시가 되어 집으로 갈 시간이 되자, 나는 남아 있는 사람들에게 인사를 하고 집으로 돌아왔다. 도어락을 풀고 신발을 벗기도 전에 엄마는 내게 소리쳤다.

"너 이 시간까지 집에 안 들어오고 어디 나가 논 거야!!"

"…"

"너도 니 오빠처럼 그렇게 맘 썩힐 거야? 니 오빠 꼴 나고 싶어서 그래?"

"무슨 말을 그렇게 해."

"왜. 엄마가 틀린 말 했어?"

"그냥 좀 답답해서 밖에 있었어."

"너, 엄마한테 무슨 말대꾸야."

"엄마 기준에서는 이것도 말대꾸야?"

"엄마는 다 너 걱정되어서 하는 소린데 그걸 못 알아먹니."

"이번 한 번이잖아. 안 한다고."

"한 번이 두 번 되고, 두 번이 세 번 되는 거야."

"안 한다니까? 하…. 진짜 말이 안 통하네."

그러더니 엄마가 얼굴이 빨개지더니 표정이 점점 무너진다. 무너지는 엄마의 표정만큼 내 마음도 무너지는 것 같다. 어떻게 자식이 부모 마음에 대못을 박냐고. 엄마는 역지사지가 참 안 된다.

"엄마가 너 그렇게 키웠니? 그럴 거면 나가 살아. 뭣 하러 엄마랑 살아. 엄마 마음 휘집어 팰 거면 너 혼자 살아."

"…."

참고 참았던 마음이 이제 폭발했다. 굳어진 줄 알았던 과거의 용암이 터져 나와 흐르기 시작했다. 나는 핸드폰도 챙기지 않고 밖으로 나왔다.

그렇게 걷고 걸어 내가 찾은 곳은 북카페였다. 늦은 시간 북카페는 아무도 없었다. 지후는 가족에게, 지혜 언니는 독서실로, 경수 오빠는 입대 전 속세를 누리러 술집에 갔다고 했다.

나는 또 소설책을 집어들어 자리로 갔다. 자리에 앉자마자 사장님이 다가와서 말했다.

"이번에는 무슨 책 읽게?"

"네?"

"아니. 몇 시간 동안 소설만 주구장창 읽다가 갔잖아."

"…."

"소설이 그렇게 좋니? 안 질려?"

"네. 그냥 재미있잖아요."

"음…. 재미있는 거 하면 동환데."

"… 그렇긴 하네요."

생각해 보니 동화만큼 막장인 게 없다. 남자와 사랑에 빠져 평생을 키워 준 양엄마를 버리지 않나. 고작 사랑하는 사람을 위해 제 목숨을 물방울로 버리지 않나. 우리나라 막장 드라마보다 더 막장이다.

"그래도 아줌마는 동화가 좋다."

"…."

"동화는 해피 엔딩이잖아. 그 점 하난 맘에 들어."

"…."

그러고는 적막의 연속이었다.

"그래서 우리 비행청소년은 여기 왜 왔을까요?"

아줌마가 생글생글 웃으며 질문했다.

"괜찮아. 여기선 편하게 말해. 아줌마 입 엄청 무거워."

왠지 모를 신뢰감에 단어들의 자락이 어느새 입 안까지 올라왔다. 아줌마의 말을 왜 이렇게 나에게 편안함을 주는 걸까.

"… 엄마랑 싸웠어요."

"왜?"

"집에 늦게 들어가서요."

"아, 혹시 오늘 여기 온 것 때문에?"

"네."

"음…. 이거 내가 나쁜 사람이구나."

"아, 그런 의도는 전혀 아니구요. 그냥 혼난 게 좀 어이없어서."

"그래. 억울할 수 있지. 근데 아윤아, 이만 집에 가는 건 어떨까? 지금 내가 너 더 붙잡아놓으면, 나 경찰서 갈 수도 있을 것 같은데."

시계를 보니 어느새 시침은 11을 향해 가고 있었다.

"아…. 그래야겠네요. 감사합니다."

"어~~. 얼른 가."

밝지만 깜깜한 밤길을 걸으며 생각했다. 아, 개무섭다. 나는 밤길이 이렇게 무서운지 몰랐다. 사람은커녕 쥐새끼 한 마리도 없을 듯한 이 고요한 밤길은 나를 집어삼킬 듯한 어둠으로 가득 차 있었다. 이럴 때는 낮은 시력이 더욱더 야속했다. 안 보이니까 더 무섭다. 내 작은 손만 의지한 채 집으로 갔다.

근데 어라? 얘가 왜 여기 있지? 생각지도 못한 인물이 내 앞에 다가왔다. 백유현이다. 너무 놀라 어리둥절하고 있자 백유현이 말했다.

"야, 나 조금 섭섭해. 어떻게 내가 준 선물을 그냥 의자에 버리고 가냐."

백유현이 길거리 의자에 놔두고 온 [네버랜드] 연습장을 한

손에 들고 흔들고 있었다. 어지러운 머리를 정리할 틈조차도 없이 백유현이 말을 마치자마자. 누렇던 흰 운동화는 반짝이는 하늘빛 구두가 되어갔고, 군청 빛 교복은 밤하늘을 그대로 빼다 박은 듯한 드레스로 변해 있었다. 발끝을 저리게 하는 신비로움에 나는 눈을 한번 크게 깜박거렸다.

* * *

눈을 깜박거리고 난 뒤의 세상이 완전히 달라져 있었다. 내 앞은 온갖 반짝거리는 장식품과 화장품들로 가득 차 있었고, 내 옆에는 정장을 입고 거울을 보고 있는 백유현이 있었다.

"야, 백유현."

백유현이 날 쳐다봤다.

"이게 지금 무슨 상황이냐."

"보면 몰라? 동화 속이잖아."

"그러니까 내가 왜 여기…."

"넌 웬디니까."

"그게 뭔데?"

"동화 속에 존재하는 인간으로서, 동화 속 주인공들의 날개."

"그게 무슨…."

"음…. 일단 이 세계는 세 구역으로 나누어져 있어. 인간의 구역인 지구, 신의 구역인 올림포스, 마지막으로 동화 구역인 네버랜드. 세계는 이 세 구역의 교류를 통해 신화, 동화 등 여러 이야기를 만들어갔지."

"…."

"신화, 동화는 한 번 만들어지면 끝이 아냐. 사람들의 손과 입을 타면서 이야기가 변화되지. 그런 변화의 흐름에 따라 올림포스와 네버랜드는 이야기를 변화시켜야 해. 일종의 연극? 같은 거라고 볼 수 있다. 사람들의 입맛에 따라 바꾸는."

"그럼, 너는?"

"난 피터팬이야."

"그게 뭔데?"

"주인공들도 감정이 있기에 평생을 연기하며 살 순 없어. 때마다 주인공들을 구슬려 주어야 하지. 네버랜드의 공무원인 피터팬이나 팅커벨은 주인공을 포기하려는 주인공들을 구슬리는 역할을 해."

"나도?"

"웬디는 좀 달라. 지구와 네버랜드 사이에서 태어나, 지구와 네버랜드 두 구역을 자유롭게 드나들 수 있어. 구역과 구역 사이를 드나드는 건 일반 사람들은 하지 못해. 우리조차 이 세계의 관리자에게 허락받아야지 구역을 드나드는 게 가능하지. 너는 우리와 다르게 주인공들을 인간으로 봐줌으로써, 주인공들에게 인생을 선물해 주면 돼."

"…인생을 선물해 준다…. 내가 가능한 일이야?"

"가능해. 너라면."

백유현의 짙은 눈동자와 내 눈동자가 겹치면서 백유현의 확신 가득한 지지가 느껴졌다.

"오늘 우리가 해야 하는 건 뭐야?"

"신데렐라 도와주기."

"신데렐라?"

"신데렐라가 무도회장 파트를 잘 넘어가도록 도와주면 돼."

"그게 끝?"

"응."

백유현의 말이 끝나자마자 안에 있던 거대한 문이 열렸다.

"아윤아, 나는 이야기의 주인공이 아니야. 그래서 잠시 엑스트라가 되어야 하지. 이번 네버랜드의 주인공은 네가 되어봐."

문이 열리는 찰나의 순간, 백유현은 나에게 주인공이 되라는 말만을 남기고 반짝거리는 빛 속으로 사라졌다.

*　*　*

처음에는 온몸을 감싸는 밝은 빛이 내 눈동자를 찔렀고, 그

다음에는 잔잔하지만, 산만한 귀를 찌르는 음악 소리가 들려왔다. 처음 보는 광경에 신비롭기는커녕 불쾌하기만 했다. 이 모든 게 꾸며졌다는 것에 이질감이 느껴져서. 이게 단 한 사람만을 위하여 만들어졌다는 게 부질없다 생각 들어서.

안쪽으로 들어갈수록 빛과 소리는 더 강해지고 사람들은 더욱더 많아졌다. 여자들의 드레스 사이에 끼여 곤란했던 적이 한두 번이 아니었고, 일제히 무도회장 중간으로 모여 있는 시선 또한 징그러움을 넘어 역겨울 지경이었다.

그리고 그 타이밍에 신데렐라가 등장했다. 신데렐라는 나와 같이 두렵고 어이없고, 환멸 나는 표정으로 무도회장 사람들을 쳐다보았다. 사람들을 그걸 신경 쓰지 않은 채 일제히 그녀에게 시선과 박수 환호를 보냈다. 사람들은 그녀를 맹목적으로 추앙하고 있었다.

유현이 네버랜드에서 감정을 가진 건 주인공들밖에 없다고 했던 게 지금에서야 떠올랐다. 연극이라고. 주인공을 제외한 나머지는 대본대로, 세계관대로, 세계가 정해 준 대로 따르는 배우일 뿐이라고.

신데렐라는 사람들의 시선을 피하지 못하자 장소를 피했다. 다행히 사람들은 그 자리에서 움직이지 않았고, 신데렐라의 드레스

끝자락이 사라지마자 시끄럽던 모든 소리가 바람처럼 사라졌다.

그리고 나는 신데렐라의 드레스 끝자락을 따라가 그녀가 있는 테라스에 도착했다. 그녀는 난간에 기댄 채 하얀 숨을 뱉으며 별밤을 바라보고 있었다. 나는 그런 그녀를 가만히 쳐다볼 수밖에 없었다. 혼자 있는 그녀는 너무 아름다워 보이면서 가냘퍼 보였기 때문이다.

"…."

"웬디인가요?"

"…."

어떻게 알았지. 주인공이라 그런 건가. 내가 아무 말도 하지 않고 조용히 있자.

"이 세상 사람들은 제가 돌발행동을 해도 아무런 관심조차 주지 않아서. 항상 혼자였거든요."

"…."

신데렐라는 반짝이는 푸른 눈을 숨긴 채 내게 말했다.

"어차피 오래 있을 사람이 아니니, 내가 하는 말 들어줄래요?"

오래 있을 사람이 아니다? 이건 백유현이 알려주지 않았는데.

"…말해 준다면요."

"그래요. 고마워요. … 사실 저는 사람들이 무서워요. 지치고. 근데 오직 주인공이라는 사실 하나만으로 이렇게 버겁게 살아

가야 하는 게 너무 싫어요. 동화 속 주인공이라는 게 웃기죠?"

"…"

신데렐라는 실없이 웃었다.

"근데 그것보다 더 싫은 건, 그 싫은 걸 좋아하는 척하면서 살아가는 나 자신이에요. 가끔 나 자신을 돌아보면 그만큼 역겨운 게 없더라고요."

"근데 왜 계속해요? 안 해도 되잖아요."

"내가 싫어도… 그래도 하면 제가 이 세상에서 반짝거리잖아요. 전 이 반짝거림이 영원하지 않을 걸 알지만, 그래도 이 반짝거림이 좋아서 계속 붙잡고 있어요. 모순되게도 사람들이 싫지만, 사람들에게 사랑받고 싶어요."

신데렐라는 자신의 반짝거리는 유리구두를 보며 말했다. 나도 덩달아 그녀의 유리구두를 보며 말했다.

"신데렐라. 오늘 무도회에 온 여자들을 봤어요? 모두 반짝거려요. 오늘은 자신이 이 무도회의 주인공인 것 처럼."

"그러게요. 여기 있는 사람 모두가 주인공 같아요."

"그리고 모두 유리구두를 신고 있더라고요. 그렇게 유리구두가 많으니, 주인공이 주인공으로 안 보이더라고요."

신데렐라는 지금까지 감추고 있던 예쁜 푸른 눈으로 날 쳐다보았다.

"신데렐라. 군이 유리구두가 반짝거릴 필요가 없어요. 이 세상에서 주인공이 되지 않아도 돼요. 사람들은 주인공이 아니더라도 다른 사람을 사랑해 줄 수 있어요. 이 세상의 주인공은 없으니, 신데렐라 스스로의 주인공이 됨에 집중하세요. 신데렐라 안의 유리구두를 찾아서 밖으로 꺼내 신으세요. 굳이 이 세상에 순종하며 살 필요는 없어요."

신데렐라의 푸르른 눈망울에 기분 좋은 빛이 일렁이었다. 그 순간 12시가 되기 전 11시에 오늘의 마지막 종이 울렸다.

"이만 갈게요."

"… 고마워요."

나는 진심으로 신데렐라에게 행복을 빌어주었다. 사람이 싫으면서도 사람에게 사랑받고 싶어 하는 이기적인 사람의 본성을 누구보다도 잘 겪어보고 있으니 말이다.

무도회장을 나가 별밤이 보이는 무성한 잡초밭에 앉아 멍을 때리고 있을 때.

"신데렐라는?"

"만났어."

"그럼 됐어."

"잘됐냐고 안 물어봐?"

"난 잘하든 못하든 상관없어. 주인공에게 너의 존재는 만남만으로도 숨통을 뚫어줄 테니까."

"그럼, 난 이제 어디로 가? 지구로 다시 돌아가? 아니면 네버
랜드에 남아 있어?"

"우리 네버랜드로 갈래? 사실 아직 남아 있는 일이 있어."

백유현은 조용히 내 대답을 기다려주었다.

"… 그러자."

***

내가 의사를 밝히자마자 백유현과 나는 별밤을 날았다. 그리
고 어린아이의 소리가 들릴 법한 배 모양의 건물에 도착했다.

"여기 잠깐 있어."

유현은 나를 건물 옥상에 올려놓고 어디론가 가버렸다. 심심
해서 수많은 별을 하나하나 세고 있을 때 저기 멀리서 욕지거
리가 들렸다.

"아우, 새꺄. 그냥 설득을 좀 쳐해."

"이왕이면 좋은 게 좋잖아요."

"나는 안 좋아. 새꺄. 너 땜에 나만 갈려 나가. 알아?"

"…"

"아우, 졸라 답답한 새끼. 선비 납셨어. 아주, 엉? 로봇이야, 로
봇. 공감을 안 해. 공감 능력이 아주 가출했어. 엉?"

체격이 건장하고 정장을 입고 있는 남자는 분위기와 달리 말

투가 천박했다.

"아? 웬디?"

"예에에에."

"나는 임수호. 네버랜드 동화 갱신부 대빵."

"아, 안녕하세요."

임수호와 대화할 가치도 없다고 느낀 건지 백유현은 내 팔을 잡고 하늘을 보게 했다.

"아윤아, 곧 시작한다. 3···2···1···."

백유현의 카운트다운이 끝나자마자 밤하늘을 가득 채운 별들이 터지면서 마치 불꽃놀이를 보는 듯한 착각을 일으키게 했다. 새벽 12시의 싱그러운 풀 향기와 주변을 날아다니는 흰 나비, 뿔이 늠름하게 자란 수사슴들까지 자연의 환상적인 조화였다.

"신데렐라 이야기가 갱신되면 신데렐라의 해방과 시작이란 이름으로 그날 새벽 12시에 세계의 중심에서 네버랜드에 축복을 내려줘. 동식물과 인간이 조화를 이루고 밤하늘이 낮보다도 밝게 빛나지. 어때?"

"··· 황홀하네."

"역시 그럴 줄 알았어."

백유현이 만족스러운 웃음을 지었다. 웃을 때 네모로 변하는 백유현의 입 모양이 예뻤다. 신데렐라의 해방과 시작이란 축복의 효과인가?

"신데렐라 갱신 팀원은 지금 제 3출입구로 집합해 주시길 바랍니다."

"우리 말고 팀원이 더 있어?"

"우리밖에 없어. 수호 형이 괜히 폼내고 싶어서 저러는 거야. 형이 이런 거 좋아하거든."

"어여. 여기야, 여기. 얼른 타."

열심히 걸어간 그곳에는 빨간색 페라리를 탄 임수호가 있었다.

"이번에는 적마네. 차 좀 작작 뽑지."

"남아도는 게 돈인데, 뭐 어떡하니."

그 돈 나 주지….

"야, 안 타? 방금 들어온 정본데, 신데렐라 가죽 공방 차렸다더라. 왕자님이랑 데이트 코스로 딱인데."

"아, 네."

차는 내가 타자마자 요란한 엔진 소리를 내며 출발했다. 나는 검은 밤 속을 달리는 빨간 페라리를 타면서 만약 이것이 하나의 동화라면, 내가 그 동화 속 주인공 중 한 명이라면. 나는 공주를 구출하러 가는 왕자님일까? 아니면 납치하러 가는 악당일까? 하는 실없는 생각을 이었다.

＊＊＊

차가 도착한 곳은 어느 한 작은 빌라였다. 가게 이름은 [가죽공방]. 간단한 이름이었다. 신데렐라는 화려한 드레스를 벗고 단조로운 긴 원피스를 입고 가죽공예를 하고 있었다. 그 모습은 동화 속보다 화려하지 않아도, 동화 속보다 훨씬 아름다웠다.

딸-랑

문을 열고 들어가니 신데렐라가 나를 알아보고 인사를 건넸다.

"어, 안녕하세요."

"… 안녕하세요. 기억하시네요?"

"당연하죠. 어떻게 잊어버릴 수가 있겠어요."

신데렐라와 시시콜콜한 이야기를 나누다가 본격적인 본론에 들어섰다.

"안녕하세요, 신데렐라. 저는 동화유지부 총괄 책임자 임수호입니다. 바로 본론으로 말하자면 원래 있던 자리, 다시 신데렐라로 돌아오셔야 합니다."

"… 왜요?"

"당신은 동화 속 주인공입니다. 이렇게 오래 자리를 비우시게 된다면, 저희로서는 이 세계에서 당신의 이름을 지울 수밖에 없어요."

"그러세요, 그럼."

"이름이 지워진다는 게 무슨 말인 줄 아시고, 쉽게 대답하시는 겁니까? 당신을 사랑해야 하는 왕자가 당신을 모르게 되고, 왕자와 궁에서 생활하는 호화로운 생활이 모두 사라집니다. 무엇보다…."

"그래요. 무엇보다 전 모두에게 사랑받는 주인공 자리에서 내려와야겠죠. 그리고 꽃길이 아니라 가시밭길을 걸을 수밖에 없을 거예요. 그것에 대한 후회도 하겠죠."

"그걸 알면서도…!"

"그렇지만 제가 이 세계가 원하는 대로 살면요? 아름다운 장미처럼 살겠죠. 하지만 사람들이 멋대로 집어넣은 꽃집에서 평생을 그렇게 살라고요?"

"…."

"전 그렇게 살기보단 차들에게 몇 번이나 밟혀 흉해 보이더라도 더 넓은 세상, 더 다양한 세상을 볼 수 있는 도로 위에서 살게요."

"그래도 다시 한번 생각해 보시면…."

"형. 그만해. 네버랜드의 주인공 제 1수칙 잊었어? 우린 주인공이 자신의 자리를 원하지 않는다면 기꺼이 그 자리를 박탈해 주어야 해. 주인공은 찾으면 돼."

"…."

"아윤아."

"어?"

"이번 동화는 끝났어. 이제 결정하면 돼. 너 웬디로써 네버랜드에 있을래? 아니면 도아윤으로써 지구에 갈래?"

"난⋯."

"천천히 결정해."

"이왕이면 여기 남지? 그 어느 곳보다도 환상적일 텐데."

솔직히 지구로 가고 싶지 않았으나 돌아가지 않고 있기엔 꼬여 있는 실타래가 너무 많았다.

"난⋯. 지구로 갈래."

"⋯ 그래⋯. 니 뜻이 뭐 그렇다면⋯. 잘가."

신데렐라의 축복 때 보았던 밝은 빛이 내 앞에 또다시 나타났다. 난 도아윤으로써 삶을 살 것이고 무엇보다 조금 욕심을 내, 내가 사랑하는 사람에게 사랑받고 싶다.

웬디로써의 추억은 동화로 남기고 싶다.

처음에는 흰 백지에 검은 글자를 새겨넣는 게 힘들었다.
귀찮았고 막막했고 마감이란 압박에 눌려 짜증났다. 그러
나 글자 하나하나를 적어가며 단어를 만들고, 문장들을
만들기 시작하니 여러 생각이 떠올라 잡생각이 없어졌다.

내가 만든 캐릭터가 내 손에 따라 이리저리 바뀌니 재
미있기도 했다. 여러 생각이 얽혀서 복잡해진 머리를 하
나하나 풀어가는 게 좋았다. 매번 조금 쓰다 포기하던 글
을 이렇게 완성해 본 것도 처음이라 또 다른 희열을 느
꼈다. 10대 중간에 와서 그나마 남길 수 있는 추억이 있
어서 다행인 것 같다.

루시퍼

—

조예성

작가 소개

- 이름: 조예성
- 나이: 만14세 (중2)
- 좌우명: 인생은 한 번
- 내가 좋아하는 책: 아몬드
- 현재 관심사: 힙합, 물리학
- 이 책을 읽는 당신에게: 행복이 멀다고
생각하지 않기를. 자신을 가장 사랑하기를.
하루하루를 값지게 보내기를.

나는 괴물이다.

지금이라도 죽어버려야 되는.

아니, 애초에 태어나서는 안 됐었던 존재다.

　친구들은 나와 거리를 둔 지 오래되었고, 부모님도 몇 년째 학원에 과외까지 받았지만 나아지지 않는 나의 성적 탓에 다니던 학원을 모두 끊어버렸다.

　이젠 나조차도 나를 포기했다. 내가 봐도 못생긴 얼굴에 할 줄 아는 것도 없고.

　아, 하나 있긴 하다.

그림 그리기.

유일한 나의 도피처이다.

물론 부모님은 빌어먹을 '사' 자가 들어간 직업만을 고집하는 탓에 내 유일한 강점은 빛을 볼 수는 없을 것 같다.

이런 나에게도 꿈은 있다.

자살.

이루기 가장 쉬우면서도 가장 어려운 꿈이다. 지금이라도 이루고 싶지만, 남들에겐 당연한 행복이란 감정을 느껴본 적 없는 나의 인생이 비참하여 미루고 있다.

하지만 '행복'이 무엇인지도 아직 모르겠다. 인스타그램이나 페이스북에 올려져 있는 순간들이 행복에 가까운 것 같기도 하다. 행복의 정의에 대한 나의 확신이 강해질수록 나는 점점 불행해져 갔다.

나는 인스타그램이나 페이스북 올려져 있는 사진의 주인공처럼 날씬한 몸매나 아름다운 외모, 따스한 미소를 지을 수 있지 않았기 때문이다. 어떻게 보면 내가 불행한 이유도 나를 이따위로 낳은 나의 부모 탓일지도 모른다.

"이 새끼야, 그만 처 누워 있고 빨리 학교나 가! 꼴도 보기 싫으니까."

　노크라도 좀 하고 들어오지. 호랑이도 제 말을 하면 온다더니 사람도 다를 바는 없는 것 같다. 살덩어리를 이끌고 엄마의 잔소리를 뒤로 한 채 집을 빠져나왔다.

　　·

　　·

　　·

　학교.

집보다 더하면 더 했지 절대 더 낫지는 않은 공간이었다.

　나도 내가 못생기고 돼지 같은 건 충분히 아니까 좀 다물어 주었으면 하는 주둥이를 아이들은 한시도 다물고 있지 않았다.

　'죽기 전에 쟤네라도 다 죽이고 죽어 볼까?'라는 생각을 해보기도 했지만 학교가 마칠 때마다 복날에 개가 맞듯 처 맞는 나의 모습을 보면 불가능할 것 같기도 하다.

　오늘도 열심히 맞아야 할 텐데, 급식이라도 많이 먹는 게 나을까? 먹고 죽은 귀신이 때깔도 곱다는데.

　"싸가지 없는 놈이 개기네. 자꾸."

"지 주제를 모르나 봐. ㅋㅋㅋ"

"어이~. 덩어리. 오늘은 옆 학교 놈들이랑 맞짱 까기로 해서 너랑은 못 놀아주겠다."

일진 무리의 목소리였다. 나름의 희소식이 전해졌다. 두 무리의 싸움으로 인해 몇몇 루저들이 구제받았다. 이걸 감사하다고 해야 하나. 나와 유일하게 말이라도 섞는 놈들이었는데. 오늘은 성대를 쓸 일이 없을 것 같다. 뭔가 아쉽기도 하고….

내가 드디어 미쳤나 보다. 하루빨리 목표나 달성하고 이 세상을 떠나야겠다. 그나저나 담당 일진과의 데이트도 취소됐는데 뭘 해야 할까.

"아, 뭔 장난 좀 쳤다고 쓰레기를 주워."

처벌이 부족한 아이의 목소리가 들렸다. 쓰레기 줍기라. 죽기 전에 좋은 일이라도 하고 죽어야 천국에 갈 수 있을 것 같은데, 나도 봉사라도 좀 해야 할 것 같다….

대가를 바라지 않고 선행을 베푸는 것이 봉사인데 이미 대가를 바라고 있으니 천국 가기도 그른 것 같다. 알 바인가. 지옥이나 현실이나 다를 바가 없는데. 지옥이 두려웠다면 이렇게 살고 있지는 않았겠지. 봉사도 내 주제와는 맞지 않는데 뭘 해야 할까.

"안녕? 뭐 하고 있어?"

사회에 의해 더럽혀진 정도에 반비례한 밝은 목소리였다. 딱히 내 귀가 들어주기에 편하지는 않았다. 목소리의 주인은 평소에 말도 섞지 않은 여자아이였다.

"그냥 있는데."

반에서 나에게 접근하는 놈들은 딱 두 가지 부류이다. 나를 놀려먹으려고 하는 놈들, 나를 보기 싫으니 꺼져주라고 하는 놈들. 그런 놈들에게 친절한 대답 따윈 사치에 지나지 않는다.

"아, 혹시 색연필 빌려줄 수 있어?"

의외의 말이다. 내가 너무 모두를 적으로 돌리기만 했던 것 같기도 하다. 갑자기 퉁명스레 했던 대답이 미안해졌다.

"쓰고 싶음 써. 색연필은 내 사물함에 있을걸."

"오, 땡큐!"

"근데 왜 굳이 나한테?"

"아, 너 쉬는 시간에도 그림 그리길래 미술 좋아하는 것 같아서."

내가 하는 행동을 관찰하고 있었다니, 좀 특이한 아이였다.

"아, 그렇구나."
"뭐 또 필요한 거 있음 말해도 돼."
"오키, 고마워."

오랜만에 한 평범한 대화였다. 이런 대화의 대가가 내 색연필
이라니, 아무리 물가가 올랐다지만 이건 너무 비싼 것 같았다.

딩동댕동.
수업의 시작을 알리는 소리가 들려왔다. 사실상 잠잘 시간을
알려주는 종이나 다름없긴 하다. 어차피 난 수업을 듣지도 않
을 거니까.
하지만 과목마다 선생을 가려서 잠을 자야 한다. 몇몇 젊음
이 넘치는 선생들은 나를 수업에 참여시키려고 안달이 났기 때
문이다.
'가만있어 보자. 이번 시간은 뭐더라?'
시간표를 확인해 보니 이번 시간은 미술…? 이러면 이야기가
달라진다. 아무리 부모님이 미술을 반대해도 학교에서만큼은
합법적으로 그림을 그릴 수 있었다. 어서 내 색연필을 준비…
'아, 그 여자애!'

생각해 보니 그 여자애는 미술 시간에 쓸 색연필이 없어서 나에게서 색연필을 빌리려고 했던 것이었다. 어떻게 미술 시간에 쓸 색연필을 같은 반 친구에게서 빌려 갈 수가 있단 말인가.

참 어이없는 경우였다. 선생 앞에서 실랑이를 벌일 수는 없으니 빨리 색연필을 다시 주라고 해야겠다.

"여기 앉으면 될까?"
"아, 깜짝이야!"
언제 왔는지 내 옆자리에 그 여자애가 앉아 있었다.
"선생님한테는 이미 자리 옮겨도 된다고 허락도 받아놨어."
"뭐 거기 앉든지."
양심은 있는지 색연필을 같이 쓰려고 했던 모양이다. 굳이 내 물건을 쓰는 것도 이해가 되지 않았는데 나와 같이 앉기까지 한다고? 이건 친구들한테 좀 놀려달라고 하는 행위나 마찬가지였다. 얘는 누구길래 이렇게 나대는가 싶어 이름을 봤다.

[김고은]

'어디서 들어본 이름인데….'
유명한 배우 이름이라 들어본 거라고 착각한 것도 같지만 분명 들어봤다.

'잠깐, 김고은이면 작년에 애 하나 개 작살 낸….'

작년의 사건이 머리속에 떠올랐다.

＊＊＊

"미친년아. 내가 잘못 했으니까 그만하자고 좀!"

헝클어진 머리, 부러진 안경, 피가 흘러내리는 코, 찢어진 옷. 누가 봐도 싸우고 있는 아이였다. 반면에 반대편에 서 있는 아이는 구경꾼이라고 봐도 무방할 정도로 상태가 멀쩡했고 웃는 얼굴까지 하고 있었다.

"왜, 재밌구만. ㅋㅋㅋㅋ 누구 하나 죽을 때까지 해보자."

5분이 지난 후 담임 선생이 왔을 때는 이미 일방적 구타로 인해 한 명이 기절해 있었다.

"김고은! 너 미쳤니?"

너무나 당연한 소리를 선생은 굳이 물어봤다. 미치지 않고서 어떻게 사람을 죽기 직전까지 몰아붙인단 말인가. 그것도 웃는 얼굴로.

사건이 일어난 이후 김고은은 강제 전학도 모자랐지만, 부모의 빽 덕분에 피해 아이에게 보상한 후 정학 조치로 마무리되었다.

무엇 때문에 이런 일이 벌어졌는지는 찐따인 나로서는 절대 알 수 없겠지만 소문에 의하면 피해자 아이가 김고은이 아끼던 인형을 떨어뜨렸던 것이 싸움의 원인이었다고 한다.

… 도대체 얼마짜리 인형이었길래 그런 건지는 모르겠지만 김고은이 어렸을 때부터 갖고 다녔던 인형이라고는 한다.

사건의 결과는 전치 2주가 나온 피해 아이, 돈이 좀 깨진 김고은의 부모, 미친년으로 유명해진 김고은, 먼지가 좀 묻은 김고은의 인형 정도로 정리할 수 있겠다.

그냥 지 인형이랑 잘 놀면 될 것이지 이젠 왜 나한테까지 접근하는 걸까. 이젠 그 인형을 갖고 노는 것도 재미가 없어서 만만한 나를 갖고 놀려는 건가.

재미도 없을 텐데 굳이.

***

"얘들아 잘 지냈니?"

짧은 회상을 끊는 목소리가 들려왔다.

"오늘은 옆자리 친구를 한 번 그려볼 거야. 못 그리더라도 서로 이해해 주자."

"아니 이딴 못생긴 놈을 어캐 그려요."

"지는 망치로 얼굴 찍힌 것처럼 생겨 먹었으면서."

너무나 당연하게도 여기저기서 불평이 나왔다. 이건 나에게도 너무나 싫은 활동이다. 사람을 그리려면 그리는 대상을 계속 관찰해야 되는데 내 시선을 달갑게 느낄 사람이 어디 있겠는가. 쳐다봤다는 이유만으로 시비가 붙는 세상에 무슨 이런 활동을 한단 거지.

그런데 의외로 김고은은 아무런 말을 하지 않고 그림을 그리기 시작했다. 싫은 걸 내색하지 않는 건가. 나도 빈 종이를 낼 순 없으니 마지못해 김고은을 종이에 담아내기 시작했다.

오랜만에 펜을 잡는 거라 감각이 좀 어색했다. 완성된 그림은 내가 봐도 잘 그리진 않았다. 하지만 김고은임을 알아보기엔 무리가 없는 정도였다. 김고은은 얼마나 그렸나 싶어 그림을 봤다.

날카로운 턱선, 높은 코, 큰 눈, 환한 미소
그냥 지 이상형을 그려놨다. 하긴 나를 한 번도 본 것 같지도 않긴 했다. 나는 왜 열심히 그렸는가 싶기도 하다.

"지금쯤 다 그렸을 테니 한 번 발표해 볼까?"
"누가 먼저 해볼래?"

"…."

당연하게도 자진해서 놀림거리가 되려는 사람은 아무도 없었다.

"좋아, 그럼 선생님이 고른다."

"오늘 2일이니까, 2번 김고은이 한번 발표해 보자."

재수없게도 내 얼굴이 놀림거리가 되겠지만 몇몇 일진들을 제외하고는 김고은에게 까불지는 못할 것이다. 까불다간 최저시급의 100배를 받는 샌드백이 될 테니까. 그 정도 돈이면 깝치려나? 모르겠다.

김고은은 왜인진 모르겠지만 당당하게 앞으로 나선 뒤 자랑스럽게 그림을 선보였다. 그림을 본 아이들은 침묵하거나 목이 칼칼한 척 기침을 해댔다. 예상대로 별로 입을 놀리는 아이는 없었다.

"저게 뭐 저 덩어리랑 같아? ㅋㅋㅋㅋ."

잘나가는 일진이 한마디 했지만 여기까지도 예상한 범위였다.

개인에게 모욕을 듣는 것 따위론 이젠 아무런 타격도 없는데 뭐라 떠들든 무슨 상관인가.

"내 눈엔 이 그림이랑 쟤랑 같아 보이는데?"

"…?"

순간 고막에도 살이 찐다는 말이 진짜라고 생각했다. 하지만 일진의 할 말을 잃은 표정은 내가 그 정도로 비만은 아님을 설명해 주었다. 아이들도 수군거리기 시작했다.

김고은은 처음 나온 자세에서 흐트러짐도 없었고 표정에서도 당황함을 느낄 수 없었다. 미술 선생님이 소란스러운 반을 정리하고자 한마디 하셨다.

"고은이 눈에는 그렇게 보일 수도 있지, 뭘 그렇게 떠드니!"

본인도 자신의 눈으로는 아무리 봐도 나와 김고은의 그림이 하나도 닮지 않았다는 걸 돌려 말했다. 김고은은 아무렇지도 않아 보이는 채로 내 옆자리로 돌아왔다.

무슨 의도로 그런 말을 했는지 하나도 짐작이 가지 않았다. 또라이 이미지가 마음에 들었나?

의문을 뒤로 한 채 발표한 다른 아이들의 작품을 보았다. 모두 나의 실력에 비하면 유치원생들이 그린 수준이었다.

아쉽게도 나는 발표에 뽑히지 않았지만 상관없다. 선생님만이라도 나의 실력을 알아주시면 되는 거니까.

미술 시간 뒤에는 그다지 나의 흥미를 유발할 만한 과목이 없었다. 정확히는 내가 미술 말고는 관심이 없긴 했다.

나머지 시간은 다행히도 나이를 너무 많이 먹어 자는 학생을 깨울 정도의 힘도 없는 꼰대들의 수업만 있어서 편안히 잠을 잤다.

얼마쯤 잔 걸까.

슬슬 몸도 뻐근하고 용트림도 올라오려는 때에 잠에서 깼다.

체감상으론 겨울잠처럼 긴 잠을 잔 기분이었다. 주위를 둘러보니 아이들은 반을 떠난 지 오래된 듯했고 반의 앞문 뒷문은 잠겨 있었다.

시계를 굳이 보지 않아도 지금이 점심시간이라는 걸 본능적으로 느꼈다. 반의 상황과 시계보다 정확한 내 배꼽시계가 점심 먹을 때임을 알려주고 있었기 때문이다.

아무리 내가 싫어도 그렇지, 점심 먹을 시간에도 조차 사람을 깨워주지 않는다니. 식욕은 인간의 3대 욕구에도 들어가는 충족되지 않으면 살 수 없는 욕구란 말이다.

…내가 생각해도 저 말은 내가 왜 돼지인지를 설명하는 것에 지나지 않았다.

이왕 점심도 못 먹게 된 거 이참에 다이어트나 해야겠다.

"이제 깼나 보네?"

"X발. 뭐야!"

나만의 평화를 깨뜨린 이가 귀신은 아닌가 싶어 뒤를 도니 김고은이 나의 뒤에 서 있었다. 애는 사람 놀래키는 게 취미인가?

"뭘 귀신이라도 본 것처럼 욕까지 해."

"언제부터 거기 있었냐?"

"알바냐?"

　딱히 반박할 말이 없었다.

"너 점심도 못 먹은 것 같던데 같이 매점이나 갈래?"

　이건 또 무슨 수작질인가 싶었다.

"니 돈 쓰기 싫은 거면 내가 사는 거니까 걱정말고. 색연필 빌려준 거 갚는 거야."

　다른 계략도 없는 것 같고 나로써는 딱히 손해볼 것도 없을 것 같아 수락했다.

"그래, 같이 가자."

　같이 걸어가는 길은 많이 어색했다. 딱히 할 만한 대화거리도 없었고 둘 다 서로에게 관심도 없었다.

　매점에 도착해서는 뭘 먹을지 고르러 갔다. 남의 돈을 쓰는 거라 비싼 걸 고르기엔 좀 그래서 가볍게 삼각김밥 하나를 골랐다. 김고은도 고를 게 없었는지 내가 고른 삼각김밥을 집었다.

"저기 가서 먹자."

자리가 딱히 중요하진 않았기에 김고은을 따라갔다. 자리는 마주 앉기엔 부담스럽고 옆에 나란히 앉기에도 자리가 좁았기에 대각선으로 앉았다. 서로 한마디 말도 안 했는데 자연스럽게 대각선으로 앉은 게 신기했다. 김고은이 내게 물었다.

"이거 맛있냐?"

"뭐 그럭저럭. 내가 먹어본 삼각김밥 중엔 젤 나았어."

사실 이 삼각김밥 하나만 지금까지 먹어와서 다른 삼각김밥 맛은 잘 모른다.

"니가 먹어본 것들 중에 젤 맛있으면 맛있겠지 뭐."

내가 미식가인 줄 아나 보다. 오히려 미식가들은 자신들의 입맛에 맛있는 음식만 먹기에 나처럼 뚱뚱하지 않고 말랐다.

이 삼각김밥은 매일 먹는 것임에도 불구하고 이상하게 오늘 유독 맛있었다. 밥을 같이 먹어주는 사람이 있어 주면 더 맛있다는데 진짜가?

신기해서 삼각김밥을 보았는데 그냥 내가 헷갈려서 평소에 먹던 것과는 다른 것을 고른 것이었다. 그럼 그렇지, 밥 동무가 도움이 될 리는 없었다. 오히려 숨막히는 어색함 때문에 체할 것만 같았다.

"내가 왜 미술 시간에 그딴 소리 했는지 안 궁금하냐?"

김고은이 기나긴 침묵을 깼다.

잊고 있었던 일이지만 엄청 궁금하긴 했다.

"왜 그랬는데?"

"니가 내 인형이랑 닮아서."

이건 또 무슨 뚱딴지 같은 소린가 싶었다.

"넌 이해 못 할 수도 있는데 그 인형은 죽은 내 언니가 죽기 전에 나한테 준 거라 나한텐 그 인형이 엄청 소중한 거야. 너 애들한테 욕 먹으면서 혼자 있는 거 보니까 내 인형 생각나더라."

"……."

"딴 사람들은 다 내 인형보고 못생겼다는데 내 눈엔 괜찮아 보이거든. 그래서 미술 시간에 너를 그렇게 그린 거야."

이건 칭찬인지 욕인지 구분이 안 되는 말이었다. 다른 사람 눈엔 못생긴 거니까 안 좋은 걸까, 아님 본인 눈에는 괜찮은 거니까 좋은 걸까.

"… 내가 왜 너한테 이런 얘기를 하고 있지."

짧은 대화라고 해야 할지, 독백이라 해야 할지가 지나간 뒤엔 더 차가운 침묵만이 감돌았다. 김고은은 언제 다 먹었는지 자리에서 일어나 쓰레기들을 버리고는 가버렸다.

혼자 남겨지자 그제야 밥이 편히 넘어갔다.

하지만 밥맛은 분명 다른 삼각김밥을 먹는 것임에도 예전에 먹던 삼각김밥과 별반 다르지 않은 맛이 났다. 밥맛이 달랐던 건 김고은 때문이 맞았나 보다. 인간관계란 이런 게 아닐까 싶다. 혼자가 편하긴 하지만 타인이 함께라면 좀 더 색다른 맛이 있기도 한 것.

딩동댕동.

카네기의 환생을 막는 종소리가 들려왔다.

남은 음식을 버리고 교실로 걸어가고 있을 때였다. 김고은이 내 쪽으로 걸어오고 있었다. 정확히 나와 마주 보고 걸어오고 있었다.

서로의 거리가 다섯 걸음쯤 남았을 때 김고은을 피하기 위해 오른쪽으로 꺾었다. 김고은은 갑자기 자신도 내 쪽으로 방향을 꺾더니 내 팔에 포스트잇 하나를 붙이고는 화장실로 들어갔다.

[6시 정각 하늘 아파트 6층 601호 #0724]

'이게 뭐지?'

포스트잇에 적힌 건 김고은의 집 주소와 비밀번호 같았다. 남의 집 주소를 줬을 리는 없을 테니, 자신의 집이 맞겠지 뭐. 그런데 이걸 내게 왜 준 걸까. 6시까지 자기 집에 오란 건가? 갑자기 자기 집에는 왜 오란 거지?

오만 가지 의문들이 생겼지만 학교가 끝나고 김고은에게 물으면 됐기에 궁금증을 억눌렀다.

이번 수업은 국어였다.

자려고 하다 눈을 돌려 김고은의 자리를 봤는데 김고은이 자리에 없었다. 김고은만 없는 것이 아니었다. 김고은의 가방, 신발주머니 모두 없었다. 아마 조퇴를 한 듯하다. 난 뭐 어떡하란 거지. 하늘 아파트가 먼 곳도 아니고 할 것도 딱히 없었으므로 그냥 가보기로 했다. 일단 지금은 잠 좀 자고.

아이들이 의자와 책상을 끄는 소리에 잠에서 깼다. 시계를 보니 벌써 종례 시간이었다. 몇 시간 동안이나 잔 거지. 집에서도 이 정도로 푹 자지는 못했는데 엄청 개운했다.

"차렷, 선생님께 경례."

학교를 마치고 나오니 시간은 4시였다. 김고은이 오라고 한 시간은 6시. 근데 6시까지 오라고 했지 6시에 오라고 하진 않았으니 지금 가도 상관없지 않을까.

집에 갔다 가기도 귀찮은데 그냥 바로 김고은이 알려준 주소로 가보기로 했다. 주소로 향하는 길은 왠지 모를 두근거림이 있었다. 이유는 없었다. 있더라도 지금의 나로선 뭐 때문인지 모르겠다.

도착한 아파트는 재수 없게도 엘리베이터가 점검 중이었다. 하는 수 없이 계단으로 올라갔다. 힘들게 계단을 오르고 있자니 내가 김고은의 장난에 헛수고하고 있다는 생각이 들기도 했다. 그렇다고 내려가기엔 여기까지 온 시간과 들인 열량이 아까워 그냥 참고 올라갔다.

601호의 앞에 다다르자, 비밀번호를 누르기 망설여졌다.
'만약에 다른 사람 집이면 어떡하지 비번 누르다 걸리면 빨리 튀지도 못하는데.'
… 2분 정도의 고민 끝에 위험을 감수하지 않고 집에 편히 있는 것보다 내 궁금증이 해소되는 게 더 가치 있다고 판단하여 비밀번호를 눌러보기로 했다.

"#..0…7..2..4"
띠리링.
비밀번호는 맞았고 판도라의 상자가 열리게 되었다.
놀라서 소리를 지를 뻔했지만, 간신히 버텨내고 조심히 문을 열어보았다.

문 뒤에는 그저 평범한 가정집의 모습을 한 공간이 있었다. 적어도 장기매매 당할 일은 없을 것 같았다. 거실엔 소파, TV, 공기청정기 등 평범한 물건들만 있었다.

남의 집을 허락도 없이 돌아다니는 게 예의가 아니란 건 알지만 김고은 핑계를 대면 될 것 같아 그냥 집을 구경해 보았다. 구경이라고는 했지만, 그저 내 집의 모양만 바꿔놓은 듯 너무나 평범해서 딱히 볼 것도 없었다.

삐삐삐삐삐.

심심해하던 찰나 문을 여는 소리가 들려왔다. 이 정도의 흥미거리는 너무 과분한 것 같기도 했다. 숨어야 하나 프라이팬이라도 들어야 하나 고민했지만 행동을 취하기엔 너무 둔했던 나머지 문이 열렸음에도 아무 행동도 취하지 못했다. 다행히 집으로 들어온 사람은 칼을 든 삐에로나 복면을 쓴 괴한이 아닌 그저 소주 두 병을 봉투에 담아온 김고은이었다.

"왔네?"

김고은은 내가 원래 살던 사람인 마냥 태연하게 나에게 인사를 건넸다.

김고은은 식탁에 앉더니 술잔 두 잔을 세팅하고는 내게 앉으라는 듯 눈치를 주고는 의자를 뒤로 뺐다. 뭔가 당황스럽지만,

의자에 앉아 김고은이 따라주는 술을 받았다.

김고은은 익숙해 보이는 자세로 술을 따라주고는 한 잔을 비웠다.

"캬, 맛있다."

"너도 마셔."

나도 나름의 일탈을 하긴 하지만 술이나 담배를 입에 대본 적은 없어서 조금 망설여졌다.

"술 마셔 본 적 없어서 그러냐? 마셔도 안 죽으니까 걍 마셔. 뭘 또 쫄고 있냐."

나를 도발하는 듯한 말에 약간 자극받아서 잔에 따른 술을 한 번에 다 마셨다. 다 마시지는 못했던 것 같다. 너무 써서 마시다가 중간에 도로 잔으로 뱉었긴 하다.

"ㅋㅋㅋㅋㅋ 뭘 그렇다고 또 다 마시려 하냐."

주제를 바꾸기 위해 말을 돌렸다.

"술은 어캐 구했냐?"

"일진들 마시던 거 몇병 돈 주고 가져왔는데?"

"얼마나 줬는데?"

"걍 5만 원 한 장 주고 왔는데."

확실히 보통 또라이는 아닌 게 확실했다. 대화하면서도 김고은은 계속해서 술을 들이켰다.

"안 쓰냐?"

"먹을 만한데?"

김고은의 먹방을 보다 보니 여기 왜 왔나 싶어 김고은에게 물었다.

"근데 나는 왜 불렀냐?"

"부르는데 이유가 있냐? 걍 심심해서 부른 거지."

"굳이 나를?"

"니가 그나마 재밌어 보여서."

내가 어딜 봐서 재밌어 보인다는 건지 모르겠다. 만만해 보이는 게 재밌어 보이는 건가?

"구라고. 니가 그나마 젤 말 잘 들어주는 것 같아서 한 번 불러봤다."

"딴 애들은 지 말만 하기 바쁘던데 넌 내 말 잘 들어 주더라?"

"뭐 관심 없어서 듣고 있지도 않았을 수도 있는데 그래도 상관없어."

관심 없다는 게 티가 많이 나긴 했나 보다.

"우리 집 맨날 이 시간대에 비는데 올래?"

할 것도 없는 나로서는 나쁘지 않은 제안이었다.

"뭐 그래."

"오, 친구 된 기념으로 악수나 한 번 하자."

동의의 의미로 손을 뻗어 친구의 손을 잡으려 했다.

"아, 돼지 육수 묻잖아. 뭐하냐."

순간 놀라 내 귀를 의심했다.

"미안, 장난이야. 장난. ㅋㅋㅋ 담부턴 이런 거 안 할게."

"나도 미친년이랑 손잡기 싫거든."

"벌써 삐졌냐? 술이나 받아."

"한 번에 안 마셔도 되니까 걍 좀만 마셔."

김고은이 내 잔에 술을 부어주었다.

"하나, 둘, 셋 짠!"

김고은은 술잔을 부딪치고는 즐겁다는 듯 미소를 보였다.

"이제 마시자."

김고은은 이제 병째로 잡고 한 모금을 들이켰다. 나만 안 마시긴 뭐하니 잔에 있던 술을 들이마셨다. 달았다. 분명 아까까지만 해도 그렇게 쓰던 술이 달았다. 한잔을 비운 후 한 병을 더 딴 뒤 내 잔에 부었다. 안주거리도 없었지만, 김고은과의 대화와 저 멀리 하늘을 적시는 석양을 안주 삼아 술을 마셨다.

"헤~."

한숨을 쉬지도 않았는데 호흡이 마음대로 거세게 나왔다. 입꼬리가 올라갔다는 점에서 한숨과는 달랐다. 분명 나는 웃었다. 분명 나는 지금 행복하다. 이게 행복임이 틀림없었다.

자살 따위는 머릿속에서 지우고도 남을 기운이 내게 맴돌았다. 내가 술에 취한 것도 같았지만, 정신은 멀쩡했다. 이 기분의 이유는 김고은인 것 같았다. 김고은도 나와 같은 기분을 느끼는지 내게 미소를 보였다. 나도 김고은에게 미소를 보였다.

나는 괴물이다.

지금이라도 죽어버려야 되는, 아니 애초에 태어나서는 안 됐었던 존재다.

하지만 그런 괴물이 나 말고도 하나가 더 있다면, 그리고 그 괴물이 나와 함께해 준다면, 아마 세상이라는 곳도 버틸 만한 곳이 아닐까 싶다.

글을 마치며

생각했던 것보다는 부족한 글이 나왔다. 아무래도 시간을 많이 투자하지 못한 것이 가장 큰 것 같다. 원래 글은 틀을 잡고 틀에 살을 붙여 쓰는 것이지만, 틀을 잡기 귀찮아 그냥 생각나는 아이디어를 막 갖다붙였다.

처음 써보는 소설인데 너무 많은 것을 바란 것 같기도 하다. 그래도 이 정도면 만족한다. 다음에는 이것보다 더 잘 쓰면 되니까.

오지랖

손여은

작가
소개

- 이름: 손여은
- 나이: 만15세 (중3)
- 좌우명: 졸지 말고 자라
- 내가 좋아하는 책: 피터 팬, 어린 왕자
- 현재 관심사: 게임, 책
- 이 책을 읽는 당신에게: 내가 쓴 글을 누군가
읽는다니 조금 부끄럽습니다. 많이 부족하고
서툴지만, 그래도 끝까지 봐주셨다면
감사합니다.

프롤로그

우리의 이야기는 내 오지랖에서 시작되었다.

그 전에 내가 좀, 나쁘게 굴었던 건 자연재해와 같이 어쩔 수 없는 사고나 다름없는 거라 친다면 말이다. 그 행동이 내 의지의 선택이 아닌 상황이 강요한 결과였다고 변명한다면, 그런다면 말이다.

내가 이렇게 생각하고 있는 걸 보면 너는 뭐라 할까. 너도 참 뻔뻔하다고 할까, 그런 마인드로 사는구나 하고 욕할까, 나를 조금은 원망할까, 아니면 결과는 좋았으니 아무래도 됐다고 생각할까.

그 애가 어떤 생각을 하던, 감히 내가 그걸 넘겨짚기엔 조금 주제넘은 짓이라 생각했다. 그래서 그냥 생각하기를 관두었다. 생각도 회피하는 점마저 나는 비겁할지도 모른다. 이런 주제에 너한테 겁쟁이라 욕하다니 참 우스운 일이지.

　그저 이제 네가 여기 없다는 현실감 없는 사실이 느껴져 말하기가 조심스러울 뿐이다. 내가 틀린 말을 한 대도 지적할 네가 없으니까.

#1. 서진

01. 책

우선 그날의 이야기를 먼저 해야겠다. 그 목격은 순전히 우연에 의해 벌어진 일이었다. 어쩌면 사고라고 해도 무방할, 그래서 기억 속에서 지워버려도 될 우연. 하지만 그렇게 지나치지 못했고, 결국 이상한 길로 이어져 버린 우연.

그날은 햇볕이 지독히도 쨍쨍한 날이었다.
"아~, 오늘 체육 운동장이래!"
염치도 없는 햇빛은 요 며칠 체육 시간 동안 내 피부를 그렇게 태워댄 것으로는 모자랐나 보다. 찌는 듯한 더위에 땀을 흘리며 선생님의 눈을 피해 그늘에 웅크려 앉은 채 속으로 욕했다. 태연하게 눈을 찔러대는 따가운 햇살과 비 한 방울 내리지 않는 하늘 중 원망할 대상을 고르던 중이었다. 놀러 갈 때나 우산이 없을 때는 귀신같이 잘만 오던 비야, 왜 오늘은 잠잠하냐.

"이럴 땐 왜 비가 안 내려서…."

"수증기가 떨어지지 않아서 그래."

대답이 들려올 리 없을 터인 혼잣말에 뜬금없는 말풍선이 불쑥 끼어든다. 우리 반 반장이 아는 체를 하고 싶은지 말을 걸어왔다.

"너, 비가 어떻게 내리는지 알아? 비가 내리는 경우는 여러 가지가 있는데, 그 중 하나가 빙정설이고…."

또 시작됐다. 반장은 혼자 선거에 나가 당선되더니, 오지랖 넓게 여기저기 참견하고 다닌다. 비가 내리는 이유, 누가 그걸 너한테 물어봤니. 고작 1년 선행한 것 가지고 잘난 척을 해대지만, 괜히 말대꾸하면 피곤해질 게 안 봐도 뻔했다. 중학교에서 1년을 '고작'이라고 보기는 어려운가. 사실 반장이 공부를 잘하는 편이긴 하다. 꽤 많이.

그래도 시끄러운 건 별개다. 애써 찾은 그늘을 떠나긴 아쉽지만, 가뜩이나 더운데 짜증까지 나긴 싫어 조용히 옆 그늘로 자리를 옮겼다. 돌계단에 기대앉아 시원한 그늘을 만끽하려는데 졸음이 밀려온다. 식곤증일까.

깜빡.

잠깐 눈을 감았다 떴을 뿐인데 갑자기 주변이 조용하다. 주변을 둘러보니 운동장의 벤치마다 노란색 신주머니가 가득하다. 3학년의 색이다. 퍼뜩 정신을 차리고 주변을 둘러봤다. 시계를 보니 6교시 수업 시작 종 치기 삼 분 전.

'맞다, 국어 준비물.'

수업 시간에 읽을 책을 가져오라고 했었지. 도서관에 가야 하는데 교실은 4층이고 도서관은 2층이라는 점이 떠올랐다. 책을 빌리고 나면 분명 수업 시간에 늦을 텐데. 국어 선생님은 수업 시간에 늦는 사람에게 벌칙을 시킨다. 지루한 수업 시간 학생들의 졸음을 깨우기 위해서인지 웃긴 걸 시키는데, 친구 많은 애들이야 그런 걸 하면 웃기겠지. 반에서 존재감이라곤 없는 내가 그런 걸 한다면 분위기가 엄청 어색해질 게 뻔하다. 이번에 늦으면 시크릿 쥬쥬 오프닝 댄스를 출 차례라 생각만 해도 끔찍하다.

그냥 도서관에 들르기는 포기하고 수업 시간 준비물을 안 챙긴 죄로 조금 혼나면 될 거다. 차라리 그게 낫다. 신발을 갈아신으며 빠르게 계산을 마치고 계단으로 뛰어갔다.

"와, 미친 쌤인 줄."

"오, 세이브-"

"아깝다. 시크릿 쥬쥬 넘어갈 뻔했네."

"에이, 그건 너 아님 누가 추냐."

"아 다음에 일부러 늦어봐? 연습해 올까."

"뭐래 진짜."

"넌 조용히 하고 책이나 똑바로 가져와라. 그거 수학책이거든?"

"티 나? 나 국어책 집에 두고 와서 위장용임."

"들키면 시크릿 쥬쥬~."

"아, 그것만은 제발."

나는 숨을 고르며 자리에 앉았다. 반 애들은 늦게 들어온 내게 관심을 좀 가지나 싶었지만, 금방 자기들끼리의 이야기에 빠진다.

"서진아. 지금 국어 시간인데."

"응?"

"너 혹시 책 안 들고 왔어?"

"아… 그거. 알고는 있었는데, 내가 아까 운동장에서 깜빡 잠 들어버려서."

우리 반 내에서 유일하게 내게 말을 거는 반장 김지연. 융통성이 없다는 뒷말이 은근히 돌고 있는 것 같고 친한 친구가 있는지도 잘 모르겠다. 나한테 말을 거는 것도 거의 자기 자랑 같은 공부 이야기긴 하다.

"내 거 빌려줄까?"

"응?"

"나 한 권 더 있거든. 내가 좋아하는 작가라 너한텐 조금 재미없을 수도 있는데…."

"아니야. 빌려주면 고맙지!"

"여기. 이따 끝나고 돌려줘. 반납 오늘까지라."

헤르만 헤세의 「데미안」. 청소년 필독 도서 추천 목록에서나 봤을 법한 표지에, 반장답게 고지식한 취향이라고 생각했다. 하지만 내용이 생각보다 꽤 흥미진진해서 나는 점점 그 이야기에 몰입했다.

부잣집 아들에 꽤 모범생인 주인공이 괜히 멋있어 보인답시고 친구들 앞에서 도둑질한 이야기를 꾸며냈다가, 그중 우두머리 격인 애한테 협박을 당하는 부분을 읽고 있던 참이었다.

딩동.

6교시가 끝나는 하교 종소리가 울린다. 책을 돌려주려 옆을 봤는데 반장이 없다.

"쌤 언제 옴?"

"선생님 점심 때 출장인가 어디 가셨다던데."

"그럼 종례는 누가 해?"

"반장이 해야 하는 거 아니야? 어디 갔어, 반장?"

"아, 나 학원 가야 해. 그냥 부반장이 해."

"됐어. 걍 각자 알아서 집에 가. 해산!"

반장의 자리에 책을 올려놓고 갈까 싶었으나, 재미있던 부분에서 끊긴 게 아쉬워 반장이 오기 전까지 마저 읽기로 했다. 하지만 15분이 지나도 반장은 오지 않았다.

"야, 나 집에 가야 해."

"아, 진짜 짜증나. 어디 간 거야."

"그냥 지금 문 잠그고 갈게. 서진아, 반장 좀 찾아줄 수 있어? 걔 가방이랑 폰 두고 가서."

"아, 알았어. 내가 갖다줄게."

"고마워~."

'어차피 책도 돌려줘야 하니까⋯.'

그나저나 반장은 어디로 간 걸까. 일단 책이라도 대신 반납해줄까, 하는 마음으로 도서관으로 향했다.

그때까진 몰랐지. 그런 걸 보게 될 줄은.

02. 우연

"아."

당황하여 나도 모르게 입에서 소리가 새어 나온다. 당연하다. 나는 이런 걸 실제로 처음 본다. 웹툰이나 드라마에서나 봤지, 진짜 이런 일이 우리 학교에서 벌어질 줄은 몰랐다.

***

선생님이 어딜 가신 건지, 도서관 앞문이 잠겨 있기에 아쉬운 마음에 뒷문 쪽으로도 가보았다. 뒷문과 마주 보는 벽에는 꽤 구석진 위치에 자리 잡고 있고 항상 블라인드가 내려져 있는 창문이 있었다. 설치해 둔 의미가 있나 싶을 정도로 용도를 알 수 없는 창문. 블라인드가 벌려진 틈새로 비쳐 오는 햇빛에 눈이 따가워 블라인드 각도만 조금 조정하려고 다가갔다.

그런데 그 틈새에서 보고 말았다. 건물 외벽의 한구석에 몰려 있는 반장과 그걸 둘러싼 누군가들, 그리고 그 옆에 떨어져 깨진 안경을.

블라인드를 올리고 자세히 보니 반장은 몰골이 말이 아니었다. 먼지와 거미줄로 예상되는 실 같은 것들이 엉겨 붙어 있었고, 곁에는 학교 규정을 기본으로 한두 개쯤은 어기고 있는 듯한 차림새를 한 사람들이 있었다. 그중 한 명은 잘나가니 뭐니, 좀 논다는 걸로 유명했던 선배였다. 그런 선배와 반장, 그리고 또 다른 선배 몇 명을 보니 조합이라 하기에도 뭐하지만 새삼 전혀 어울리지 않는 조합이라 느꼈다.

한 선배가 반장을 발로 걷어차기 전까지, 참 여유롭고 무지하게도 말이다. 창문이 닫혀 있어 소리조차 제대로 들리지는 않지만, 한쪽은 울고, 한쪽은 웃고, 확연히 분위기가 상반되었다.

뇌를 마구 비집고 들어오는 정보량에 상황 파악도 못 하고 머리가 멍했다. 그러다 반장이 이쪽을 올려다봤다. 그러더니 주섬주섬 안경을 줍는다.

***

정신을 차려 보니 난 달리고 있었고, 내가 있던 자리에는 반장의 짐만 놓여 있었다. 책 데미안과 반장의 가방만 그렇게 덩그러니.

나는 뭐 때문에 도망쳤지? 혹시라도 선배들과도 눈이 마주칠까 두려워서? 아니면 반장이 내게 도움을 청할까 봐, 그래서 엮

여버리게 될까 봐 무서웠나? 반장 시력이 몇이었더라?

도망치면서 이런 생각밖에 하지 못하는 나를 한심하다고 생각했다. 그 애는 다 지켜보고 있으면서 모른 척 도와주지 않는 나를 원망했을까. 아니면 아예 보지도 못했을까. 선배들은 날 봤을까. 혹시 내가 보지 말았어야 했을 걸 본 거라면, 내게 입막음이라도 하러 오는 것은 아닐까?

거기까지 생각이 미치자 소름이 끼쳐서 생각하기를 그만두었다. 그렇지만 모르는 척하기에는 신경 쓰였다. 하필이면 그 때. 유독 따가운 햇살이 거슬렸던 것도, 내가 도서관으로 향한 것도, 전부 그냥 스쳐 지나가면 될 우연인데. 그렇게 생각하면 되었을 텐데.

미안해.
그 세 글자를 계속 되뇌다 잠이 들었다.

'신경 쓰여.'

03. 늪

나는 며칠째 반장을 피하고 있다. 반장이 내 얼굴을 봤을진 모르겠지만, 가방은 그대로 들고 등교한 것으로 보아 창문 너머에 누군가 있다는 것을 봤던 게 분명하다.

사실, 지금의 들킬까 불안한 감정은 무의미하다. 반장이 빌려준 책을 내버려둔 것으로 거기 있던 게 나였다는 의심을 피해 갈 수 없는 것은 확실하니까. 변명의 여지도 없지. 그냥 왜 모르는 척했냐고, 원망받는 것만은 피하고 싶을 뿐이었다. 남이 괴롭힘당하는 걸 보고도 모르는 척한 나쁜 년이 되고 싶지는 않으니까.

'남?'

그러고 보니 나랑 반장은 무슨 사이일까. 우린 친구라기엔 좀 애매한 사인데. 같은 반에서 유일하게 나한테 말 걸어주는 애긴 하지만. 우리의 관계도, 내가 목격한 일도 어째 실감이 나지 않아서 머리가 어지럽다.

복잡한 마음에 제일 친한 친구 지은이에게 슬쩍 조언을 구해 본다.

"있잖아, 혹시 왕따에 대해서 어떻게 생각해? 해결할 방법이라던가."

"왕따? 그건 갑자기 왜…."

너 설마. 하는 눈빛이 나를 쿡 찌른다. 돌려 말한다고 말하긴 했는데, 역시 내 단짝답게 눈치가 빠르다.

"아니, 그런 게 아니구우…."

"하긴. 니가 진짜 괴롭힘당하는 입장이었음 여기서 여유롭게 핫도그 먹방이나 찍고 있진 않겠지."

"… 엉?"

"응?"

이런, 이걸 다행이라고 해야 하나. 지은이도 나도 완전 헛다리를 짚었다.

"아니, 내가 괴롭힘당한다는 게 아니라. 진짜 만에 하나? 나랑 가까운 사람이… 그러니까 사이 자체가 좋은 건 아닌데, 생각보다 가까이, 내 주변에 있는 사람이 그러면…."

"혹시 니가 괴롭히는 쪽은 아니지?"

두 번 헛다리는 용납지 않겠다는 건지, 참 예리하기도 하다.

"뭐, 뭐야, 너는 내가 그럴 사람으로 보여?"

"아님 다행이구. 원래 그런 건, 괴롭히는 쪽이든 당하는 쪽이든 엮이면 골치 아픈 입장이잖아. 무서워서 가만히 보고만 있으면 방관자라 욕하는 세상인걸. 그런 상황엔 실수로 발 한 번 담그게 돼도 금방 빠져나와야 하는 거야. 아니다. 실수로라도 안 빠지게 바닥 잘 보고 다녀. 괜히 엮이면 답 없다. 완전 늪이라고, 늪."

'그런 거.'

지은이는 내가 처했던 상황을 빠지면 큰일 나는 늪이나 다름 없는 그런 걸로 비유했다. 그럼, 그 선배들은? 제 발로 늪 속으로 빠져들어 가는 멍청이는 없을 텐데. 그들은 늪이거나, 아니 굳이 따지자면 재미로 늪에 들어간 사람 정도 되겠다. 지들 딴엔 안 가라앉고 늪 안에서 노는 게 재밌으니까, 그 속에 누군가를 빠뜨려서 그 애들을 밟고 서 있는 거다. 한 명, 두 명, 자기들이 그 속에 있고 싶은 만큼 계속. 나는 지금 어디까지 빠진 걸까. 어쩌면 영영 빠져나오지 못하게 그대로 늪 속에서 굳어버릴지도 모른다. 누군가는 살려달라 소리도 못 지르게 늪 속에 머리가 처박혀 있겠지.

"만약 내가 그 늪에 빠졌더래도 말이야. 입을 벌리고 혀를 움직일 정도만 되면, 그러면 도와달라고 소리 정돈 지를 수 있는 거 아니야? 여기 사람이 있다고, 난 여기에 가라앉기 싫다고."

"갑자기 그게 무슨 소리야?"

내가 하고 싶은 말이다. 내가 무슨 말을 하는 건지.

"만약 내가 살짝 발만 담그고 빠져나왔거나, 바닥을 잘 보고 다녀서 그걸 발견하게 되면? 도와줄 능력이 있는 사람을 불러올 수도 있잖아. 내가 거기에 빠진 애들을 도와줄 수도 있는 거잖아. 네가 말하는 골치 아픈 짓을 조금 하는 걸로."

"아, 알겠다. 너 걔 때문에 그러는 거지?"

"개?"

"응, 우리 반에 그 말 더듬는 애 있잖아. 이름이 서영이랬나. 말 더듬는 게 무슨 장애? 같은 거라더라. 애가 키도 되게 작구 되게 음침한 느낌이고… 뭐 수첩에다 소설 쓴다는 이야기도 들었는데. 애들이 별로 안 좋아한다더라. 혹시 걔가 왕따 당하는 거 같아서 그래?"

"음…. 나는 그냥…."

"저번에 데미안 읽고 뭐 철학자라도 되셨나. 답지않게 왜 이래?"

"아, 몰라. 그냥 핫도그나 먹어. 다 식었다 완전."

"핫도그는 뜨거운 게 제맛인데. 어떻게 그런 잔인한 일이."

"세상에. 핫도그야, 미안."

"핫도그가 아니라 니 혀에게 사과하렴."

별 시답잖은 농담을 주고받으며 싱겁게 끝나버린 대화에, 지금 내가 처한 상황을 어떻게 해결할지 떠올리려 애썼다.

04. 직면

세상에는 하기 싫어도 꼭 해야만 하는 일이 있다. 가령 전날 밤을 새우다시피 해 피곤한데 아침 일찍 일어나야 한다던가, 일어나서 씻고 옷도 입고 아침까지 챙겨 먹고 학교를 가야 한다던가.

그러니까 요는, 내가 아무리 하기 싫어도 해야만 하는 일이라면 엮이면 골치 아플 사람과 가장 피하고 싶던 불편한 대화를 하게 될 수도 있다는 말이다.

"그때."

쉬는 시간에 반장에게 다가가 말을 건넸다. 중요하지 않은 말들은 다 빼놓고 말을 시작하자, 반장은 의아한 눈빛으로 날 보며 눈썹 한쪽을 치켜세웠다.

"나, 너 봤어."

"갑자기 그런 말을 하는 의도가 뭔데?"

말문이 막힌다. 난 뭘 어쩌고 싶었던 거였을까.

"그러니까, 그 상황이 내가 이해한 게 맞다면…."

"네가 무슨 상관인데."

"응? 그러니까 내가 너를 그때 봤으니까… 아니, 원하지 않았을 수도 있겠지만 우연히라도 내가 너를 발견했으니까… 아니다. 네가 나를 쳐다본 건가…?"

생각보다 날이 서 있는 태도에 주춤해서 살짝 뒤로 물러났다.

"정작 마주쳤을 땐 도망쳐놓고. 그냥 지금 네가 안전하니까 안심하고 이기적이게 구는 거 아니야? 모른척한 나쁜 년 되기 싫으니까 지 마음 편해지자고. 진짜 뭐하자는 거야?"

이상하다.

"그땐 상관하기 싫은 사람처럼 굴어놓고 상관이 있니 뭐니로 말장난하지 마. 그냥 마음 불편해서 물어보는 거라든지, 원하는 걸 말해. 사람 화나게 하지 말고."

"…. 선생님한테 말씀드려야 하는 거 아니야? 이거."

"안 돼! 절대 안 된다고, 진짜."

"너 그런 일 당하는 거…"

"말하면 안 돼. 서진아, 그럼 나 진짜 죽어…."

"무슨 소리야, 보복이 무서운 거면 전학이든 뭐든…."

"넌 몰라. 앞으로도 모르겠지. 몰라야 하고."

"…도와주려고 해도 난리야…."

"겁쟁이."

나도 모르게 내뱉은 말에 분위기가 얼어붙는다. 반장이 입술을 꽉 깨물었다. 순간 정적이 흘렀다. 그 정적이 불편해서 아무런 말이라도 꺼내보려고 했는데, 반장이 선수를 쳤다.

"우리 엄마가 대학교수거든."

"응?"

"우리 엄마는 학생일 때 공부 엄청 잘했어. 나랑은 비교도 안 될 정도로. 무슨 영재는 아니었는데, 그냥 집에 돈도 많고, 성적 좋고, 친구도 많았고, 좋은 대학 나와서 좋은 직업 가졌다고. 완전 엘리트."

그래서? 무슨 말을 하려는 건데? 의문을 삼키고 잠자코 듣기만 했다.

"근데 난 엄마에 비하면 엄청 못났지. 학교에서 친구 하나 제대로 못 사귀고 괴롭힘이나 당하는 거 알면 엄마가 어떻게 생각하실까. 당장 학원 진도 따라가기에도 벅찬데. 엄마 주변에선 널리고 널렸었던 친구가 나한테는 없다는 거, 엄마는 이해조차 못 하실 거라고."

"그렇다고 해도…"

"그리고 그 선배들이 맨날 때리고 그러는 것도 아니야. 그냥 뭐 좀 빌려 가고 그러는 거지."

가해자를 옹호하는 피해자라니, 웃기지도 않지. 이건 뭐 바보라고 할 수도 없고….

'이 정도면 미련한 거 아니야?'

반장은 반론은 받지 않겠다는 듯 말을 끝내자마자 미련 없이 휙 뒤돌아 자리로 돌아갔다. 반장이 들이대고 내가 피하던 지금까지의 관계와는 영 정반대가 되어버렸다. 그러다 잠깐, 반장은 발을 멈추더니 고개를 돌려 말을 이었다.

"아, 그리고."

"응?"

"나 양쪽 눈 시력이 달라."

"어?"

"한쪽은 0.1, 한쪽은 0.5. 안경 벗어도 한쪽 눈은 잘 보여."

"갑자기…. 아."

그때 봤구나. 보고도 모른 척한 거 티 났구나. 멋쩍게 웃으며 시선을 피했다. 시력 궁금해했던 건 또 어떻게 알고, 괜히 사람 머쓱하게끔 말하고 그러냐. 융통성 없고 매정한 놈.

하지만 몰랐다. 진짜 융통성 없고 매정한 놈은 나였다는 걸.

***

뭔가 다른 사정이라도 있는 걸까 생각해 봤어야 했다. 반장은 내가 하는 말을 내가 생각했던 것보단 싫어했지만, 그렇게까지 많이 싫어하진 않았다. 그게 이유였고 내 행동의 변명이다.

"야, 이거 완전 헛똑똑이 아냐."

"…뭐?"

우습게도 그때의 내 태도는 참 기고만장했더라지. 그 애의 표정을 보기 전까진 말이야.

"그러니까, 뭐를 어쨌…."

"선생님한테 말씀드렸어. 그 선배가 딱히 널 괴롭혔다곤 말 안 했고, 우리 학교 교복 입은 선배가 담배 피우고 애들 괴롭히면서 질 나쁘게 놀았다고. 그 정도만."

"…."

"선생님이 전교생 흡연 검사 돌린대. 누군지 다 알아내려고. 이참에 좀 불량한 학생들 선도도 하자는 차원에서."

그때 반장은 안쓰러울 정도로 하얗게 질린 표정이었다.

그 애한테서 나던 묘한 냄새가 아직도 콧속에 감도는 것만 같다. 길거리에서 마주치면 피해 가던 냄새. 내 폐에 그걸 위한 일말의 공간이라도 허락하지 않겠다는 듯이, 숨을 합 참고 도망쳤던 냄새. 아마 그 선배들도 이런 냄새에 찌들어 있지 않을까.

"있잖아."

"뭐."

"너 담배 피우냐?"

그리고 정적.

"너, 너는 진짜…. 하…. 말을 말자. 내가 너 같은 거랑 무슨 말을 하겠니."

눈에 띄게 당황해선 말을 더듬는다. 이게 거짓말이란 것쯤은 5살짜리 애가 봐도 알 거다.

'보통 괴롭힘당하는 쪽이 담배를 피우나?'

좀 이상하지 않나. 아니 뭐 괴롭히는 쪽이든 당하는 쪽이든 같은 학생 신분이고, 미성년자로서 담배는 당연히 피우면 안 되는 거지만. 애초에 이 나이에 그러는 게 이상한 거지만.

"왜?"

"뭐?"

"왜 피우는데?"

"아니라니까!"

"입에서 냄새나."

"아니 뭔…."

"그…런 일 당해서 힘들어서 피는 거야?"

"…."

"아니면 선배들이 억지로 물렸어? 계속?"

"…."

계속 질문을 던져 봐도 묵묵부답이다.

"너는 네가 무슨 짓을 한 건지 알아?"

길다면 길고 짧다면 짧았을 1분의 정적이 지난 후, 그 애가 입을 열었다.

"그러니까, 나 1학년 때…."

05. 작별 인사

긴 이야기가 끝났다. 이미 예정된 검사를 내가 번복할 수도 없는 노릇이라, 지연이는 그대로 흡연 사실을 걸려 버리고 말았다. 엄격하신 어머니께 엄청 혼이 났나 보다. 며칠간 확 우울한 얼굴로 다니기에 미안한 마음에 눈도 못 마주쳤는데, 그래도 미리 사정을 이야기하지 않은 자기 책임도 있다며 먼저 말을 걸어주었다. 조금 놀랄 만한 소식과 함께.

"응. 나 전학 가기로 했어."

"진짜 가는 거구나."

"해외까지 가는 건 좀 오버 아닌가 싶은데. 도피하는 거 같아. 엄마가 내가 한 짓을 알게 됐으니까. 솔직히 망신도 이런 망신이 없지. 따지고 보면 내가 피해자 입장으로 신고된 건데 흡연 검사에 걸리다니."

"웃긴 일이긴 해."

"네가 그 말을 하면 안 되지. 양심 없는 것아."

"…아~ 오늘 날씨 되게 춥다."

"동감이긴 한데. 말 돌리지 말고."

"… 응?"

"?"

"아니, 보통 그러게나 인정, 뭐 이런 식으로 말하지 않냐? 동감, 막 이러네. 누가 반장 아니랄까 봐."

"순간 그게 안 떠올랐다니까. 내가 뭐 그렇게까지 고지식한 사람인 줄 아나."

고지식. 어디선가 많이 들은 표현이다.

"…너도 알지? 나 뒷말 듣는 거 익숙하니까. 걔넨 말하기 전에 주변을 좀 더 잘 둘러봐야 했어. 그럼 고정도 안 되는 화장실 문이 잠기지도 않았는데 왜 저렇게 꽉 닫혀 있는 건지 생각할 수 있을 텐데. 듣는 쪽도 말하는 쪽도 여러모로 불편해지잖아. 뭐 이미 아는 사실이라 크게 기분 나쁠 것도 없지만."

"그게 어떻게 괜찮냐. 차라리 귀라도 막지. 아니면 당당하게 나가버리지."

"솔직히 상처 나면 있잖아. 새살이 차오르기도 전에 딱지를 떼버리면 안 되는 거 알면서도, 계속 긁고 어떤지 보고 싶어 하고. 나한텐 그게 그거야."

"… 고지식하다는 건 본인이 모르는 거라던데. 넌 그렇게 생각하잖아? 그럼 아니야."

"지금 그걸 위로라고 하는 거야…?"

"서툴러서 미안하다."

어설프게 위로하고는 순순히 사과한다.

"근데 반장은 나답다는 거야, 아니면 반장이라는 직책다운 행동이란 걸 말하려는 거야?"

"어… 역시 너답다는 뜻이지?"

순간 굳어지는 반장의 표정에 나는 내가 무언가 실수했나 싶었다.

"그놈의 반장. 진짜. 정 없게 반장, 반장이 뭐냐?"

"아… 싫었어…?"

"아니 싫다기보단. 너 내 이름 한 번도 부른 적 없잖아. 선 긋는 것도 아니고, 괜히 거리감 느껴지게."

"아하."

"바보 도 트는 소리 하고 있…."

"그러니까, 넌 나랑 가까워지고 싶다는 거지? 와, 그 와중에 표현 진짜…."

독특한 걸 써요. 그 말을 속으로 삼키었다.

"아, 진짜. 웃기는 소리 하지 마라."

"뭐 어때. 친해지고 싶음 좀 솔직해지던가. 그럼 이름 불러 줄게."

"엎드려 절 받기네."

"너는 참…."

"솔직히 지연아, 나 네가 부러웠어. 난 완전 열등감 덩어리 인데, 혹시 너도 알아? 나 진짜 부러웠거든. 돈 많고 공부 잘하고 그러는 거. 솔직히 공부 잘하고 그런 것들은 네가 전부 노력한 일이라지만 나는 그 노력마저도 네 재능이라고 생각했어."

"…?"

"노력하기 싫다. 로또나 당첨돼서 편하게 살고 싶다. 학원 안 다니고, 학교 끝나면 피씨방이나 가서 게임하고. 돈 걱정 없이 펑펑 쓰고 새로 나온 게임 스킨도 사고. 아, 재능 있는 사람들 부럽다 생각했지. 난 키도 멀대같이 크기만 해서, 귀염성이라 곤 전혀 없고. 내가 못 가진 걸 가진 사람들 부러워만 했고 너도 그 대상 중 하나였어."

갑자기 시작된 신세 한탄에, 그 애는 처음엔 눈을 동그랗게 뜨더니, 이내 묵묵히 내 이야기에 집중하기 시작했다.

"근데 다 겉모습이더라. 너는 내가 생각하는 것처럼 쉽고 편하게 사는 거 아니더라. 내가 왜 너를 그런 식으로 대했을까. 야, 이 와중에 네가 재미없어서 그런 거라고 탓하는 건 좀 아니지?"

"아놔, 진짜…."

"지연아. 지연이라고 계속 부를게. 너랑 친구 할래. 아니 우리 이미 친구잖아. 가깝잖아. 반장 말고 친한 친구 지연이로 대할게."

눈동자를 이리저리 굴리다 내 손등에 번진 글씨를 보았다. 지연이가 적어준 전화번호다. 까먹고 종이를 안 들고 오는 바람에 손등에 쓰이게 된.

"연락해. 거기 가서도 계속. 의무적으로 말고. 너 하고 싶은 만큼. 그리고 거기 가선 그런 거 하지 말고, 가방 속에 그거 버려. 내가 금연껌이라도 사줄게. 네 입맛에 맞을진 모르겠지만. 그리고 그냥 재밌게 살아. 진짜 끝내주게 재밌게. 그러다 나한테 연락하는 거 까먹을 정도로 즐겁게 놀았으면 좋겠다. 그래도 까먹진 말라고 말하는 거야. 연락하라고."

사실 그 애가 정확히 뭐라 답했는진 기억나지 않는다. 그냥 웃던 표정만 기억에 남았고, 그걸로 됐다고 생각했다.

#2. 반장, 지연

01. 겉멋, 겉친, 겉담

걸음 소리가 들린다. 웃는 소리가 들린다.

하나, 둘, 셋, 넷, 다섯, 여섯……

들려오는 웃음소리. 그날의 악몽이 또 반복된다.

'젊어서 고생은 사서도 한다.'라는 말이 있다. '아프니까 청춘'
이라는 말도 있다. 만약 내가 지금 젊고 청춘이기 때문에 이렇
게나 아픈 거라면, 빨리 이 빌어먹을 청춘이 끝나기를 아주 간
절히 바란다. 나는 젊지 않고 어리고, 지금이 뭐가 푸른 봄이라
는 건지 모르겠다. 푸른 봄은 무슨 얼어 죽을 봄이냐. 만약 사람
마다 각자의 봄이 있고 그 봄에도 색이 있다면, 내 봄은 시꺼먼
흑춘일 거다. 이리저리 얽히고설켜 원색을 알아볼 수 없을 정
도의 짙은 검은색일 거라고.

"해줄 수 있지. 우리….."

친구잖아. 그 모순적이고도 이기적인 표현이 나를 옭아맨다.
저 사람들과 내 관계를 친구라고 표현할 수 없다는 사실 정도

는 나도 이미 알고 있다. 하지만 그걸 안다고 해서 내가 이 관계에서 벗어날 수 있는 것도 아니다. 내가 긍정의 답을 하면 그들은 깔깔대는 건지 낄낄대는 건지 구별도 못 할 웃음 소릴 자아내며 인간답지 않게 웃는다. 세상에서 가장 역겹고 혐오스러운 최악의 표현이 있다면 기꺼이 이 웃음과 웃음의 주인에게 갖다붙일 것이다.

올해부터 난 같은 학교는 같은 디자인 교복을 입고, 같은 학년은 같은 색 신주머니를 드는 중학생이 됐다. 그때부터 문제였다. 엄마의 엄격함이라든지 학업 스트레스라든지 그런 핑계들을 빼고 말하자면, 사실 난 꽤히 겉멋이 들었었다. 진짜 같잖게도 말이다. 바닥에 떨어진 장초를 주워다 있어 보이는 척 사진을 찍은 게 화근이었나. 좀 노는 애 같지 않나, 하고 내가 잘못된 선망의 눈길을 보내던 누군가들을 따라 했다.

문득 정신 차려 보니 우리 학교 선배들이 눈앞에 있었고, 괜한 자존심 때문에 이런 게 익숙한 척하고 자연스럽게 빠져나왔다. 사실 그 선배들 눈엔 다 보였겠지. '아, 이거 있어 보이는 척하는 거구나.' 하고. 어쩌다 보니 내 담배를 대신 사다 준다고 하며 돈을 빌려 간 선배들은 수고비 명목의 돈을 꽤 남기곤 진짜 내게 담배를 가져다주었다. 이걸 정직하다고 말하면 웃기겠지.

솔직히 잘 피는 척 한두 번, 소위 말하는 '겉담'을 피운 것도 사실이다. 보다 못한 선배 하나가 속담배 피우는 법을 알려줬고 그 무렵엔 나도 이 무리에 속한 것 아닌가 싶었다. 절대 그럴 리는 없었는데, 잘나가는 선배들과 함께 다니는 것은 그 자체만으로도 내게 어떤 영향력을 주었으니까.

내가 누군가가 함부로 건들 수 없는 위치에 있다는 사실에 도취되어 정작 중요한 걸 잊었다. 그 선배들은 굳이 수고비가 아니어도 적게는 몇천 원, 많게는 몇만 원 정도로 자잘하게 내 돈을 가져갔으니까. 빌려 줬다기엔 강압적이고, 빼앗아 갔다기엔 애매한 그 행위는 '가져갔다'라고 표현하는 것이 맞을 거다. 그러다 몇 번 화풀이의 대상이 되기도 하고 지금 돈이 없다거나 하는 부정의 대답을 했을 땐 몇 대 맞기도 했다. 엄연한 폭력이었는데. 눈가에 바른 섀도우가 발색이 약해 여러 번 덧발랐더니 금세 부운 것처럼 진해져 이상하다거나, 즐겨 보던 만화의 그림체가 1화와 마지막 화를 비교했을 때 확연히 달라져 있다거나. 그런 것처럼 나도 모르게 폭력에 서서히 물들어져 간 나는 이제 잘못된 것을 분간할 수 없는 상태가 되었다. 계속해서 피우게 된 담배는 내 판단력을 흐리게 했다.

2학년 개학식 날. 수업이 끝나자 바로 학교 뒷골목으로 나가 생리대 주머니 속에 숨겨둔 담배를 꺼내 입에 문다. 어설프게 깨물다 앞부분에 잇자국이 가득했던, 서툴렀던 처음과 달리 이젠 능숙하게 캡슐을 찾아 깨문다. 캡슐을 깨무는 오독 하는 소리에 이유 모를 쾌감을 느끼곤 한다.

입냄새의 이유가 되는 담배에는 입냄새 제거용으로 사용되는 캡슐이 부착되어 있다. 나는 늘 캡슐 담배를 찾았다. 연필 뒤에 지우개가 달리고, 화장실에는 세면대가 있으며, 담배에는 캡슐이 달린 것. 서로의 부족함을 보완해 주는 것끼리 붙여두는 것이 으레 맞는 일이니까. 하지만 내 부족함은 누가 보완해 줄까. 담배에게도 캡슐이라는 짝이 있는데. 내 편은 누구일까. 불어나는 잡생각들을 날려 버리려 담배의 끝에 불을 붙이고, 크게 한숨을 들이켜고 나면⋯.

'모르겠어.'

이런 걸 왜 피는 거였더라. 나는 무얼 위해 이러고 있나. 담배를 피우는 나 자신이 한심해 그 마음을 달래고자 담배를 찾는다. 이 무슨 어린 왕자의 주정뱅이 같은 모순일까.

무언가 잘못되었다는 걸 자각했을 때는 이미 늦었다고 생각했고, 처음에는 이런 상황이 믿기지도 않았다. 방구석에 틀어박혀 베개를 꽉 쥐고선, 악에 받쳐 소리 질렀다. 왜 왜 왜 내가 왜. 난 왜⋯. 왜 그랬냐고. 왜. 왜. 왜⋯. 아무리 때려도 내 손에 생채기 하나 내지 못할, 우스울 정도로 소심한 폭력을 휘두른다. 이렇게 겁이 많으면서 어쩌자고 그런 짓을 저질렀을까. 내 주제에 잘도 그런 간 큰 짓을. 니가 데미안의 주인공이라도 되냐? 그럼 그 선배들은 크로머1, 2, 3이겠네. 웃기지도 않아….

별별 생각이 몸이든 마음이든 나를 좀먹는다. 어느새 베개는 너덜너덜해졌다. 도우미 아주머니께 베개를 교체해 달라고 말할 셈이었는데, 그 베개가 나같아 보여서 괜히 그걸 끌어안고 울었다. 너덜너덜 만신창이가 돼버린 게 완전 나지 그럼 뭐야.

02. 친구

있잖아, 서진아. 너한테 말을 걸었을 때마다 나는 잘난 척하려던 게 아니었어. 그 바보 같은 화장이나 좀 불량스러운 것들을 빼면 할 줄 아는 이야기가 그런 거밖에 없었다고. 너한테 내일탈과 관련된 이야기를 할 순 없었으니까. 친구가 없어서, 어떻게 사귈지 모르겠어서. 너는 되게 조용하고 친구도 없었잖아. 늘 찾아오는 옆 반 친구 빼고 없었지.

체육 할 때나 미술 과제 할 때, 영어 수업할 때 선생님이 갑자기 짝을 지으라고 하면 같이 할 만한 애. 이동수업 갈 때 같이 가거나, 화장실에 같이 가거나 급식도 같이 먹고 할 수 있는 친구. 내가 그런 애가 되어주고 싶었어. 아니 사실 네가 그런 사람이 되어주길 바랐어.

혼자 남긴 싫었거든. 친구 없어서 선생님이랑 하게 되는 건 죽어도 싫었고. 네가 내 친구였으면 좋겠다고 간절히 바랐는데, 생각보다 우린 잘 안 맞더라고. 왜인지 내가 말만 걸면 넌 항상 대충 대답하고 귀찮다는 듯이 금방 떠나버리곤 했으니까. 너는 그래도 괜찮았어? 너는 나랑 노느니 차라리 친구 없이 혼자 다니는 게 더 편하다고 생각한 거야? 날 잘 받아주지 않는 너였기에, 네게 책을 빌려줄 수 있었을 땐 나 꽤 기뻤어. 우리 처음으로 통하더라. 네가 내가 가장 좋아하는 작가의 책을 몰입해서 읽을 때 괜스레 설렜어. 다음에 말을 걸 때는 책 이야기나 할까 싶었지. 친구가 생기는 게 기대됐어. 내가 순수했던 시절로 돌아가게 되는 걸 기대했는지도 몰라. 우리가 그렇게 될 줄은 몰랐지.

"도와주려고 해도 난리야."

솔직히 말하자면 나 그때 좀 찔렸다? 정작 나를 제일 힘들게 하는 선배들한테는 아무 말도 못 하면서, 의도가 어땠을진 몰라도 기껏 도와주겠다는 너는 그렇게 막 대할 수 있었으니 말이야. 진짜 모순적이지. 강약약강. 약자 탓을 하는 게 더 쉬우니까….

넌 진짜 웃겨, 자조적인 미소를 지으며 계속 말했다. 끊지 못한 담배가 가방 속에 숨겨져 있던 것도, 아직도 그러는 나 자신을 내가 그렇게 미워한다는 것도 그 애는 다 알고 있었다.

아 몰라. 더 이상 비지 않는 지갑, 몰래 빨지 않아도 되는 교복, 아프지 않은 몸, 이제 이거면 된 거지. 그냥 어디선가 또 같은 일이 일어난다면 그 사람들이 빨리 도움받길 바랄 뿐이다. 매일 씹다 보니 익숙해지던 캡슐 터트리기처럼 이번엔 어설펐지만 나도 언젠가 누군가를 능숙하게 도울 날이 오지 않을까?

#3. 서진

01. 고등학교

고등학교에 들어갔다. 지은이랑은 다른 학교로 갈라져서 아쉬워하고 있던 참에, 같은 반의 친구 몇 명과 친하게 지내게 되었다. 그 후 한 달이 지나고 도서관에 책을 반납하러 갔다가 그 애를 만났다. 옆 반의 서영인지 뭐시긴지 하는, 말을 더듬는 걔. 아는 얼굴을 만나 반갑기도 하고 괜히 마음이 쓰여서 최근에는 말도 걸어 봤다. 듣던 대로 말을 더듬긴 하는데 그렇게 티가 나진 않는다. 오히려 생각보다 말이 많더라. 점심시간에 종종 도서관에 갔는데, 약속이라도 한 듯이 처음 마주쳤던 자리에 그 애가 있었다. 오늘도 옆자리에 앉아 그 애의 이야기를 가만 들어본다.

날 때부터 작았던 그 애는 남을 올려다보는 게 습관이 됐다던가. 눈에 띄는 거북목에 대한 변명인지는 몰라도 그 말을 달고 살았다. 저는 오히려 자기랑 키 비슷한 애들이랑 눈높이가 안 맞는다고. 그런데 너는 또 너무 커서 불편하다고. 그 말마따나, 그 애와는 반대로 나는 175cm로, 내 나이 또래에 비해 특출나게 큰 키를 가지고 있었다. 그 애는 글 쓰는 걸 좋아했고, 이와 관련해서 받은 상이 수두룩했기에 부모님도 그쪽 길을 응원하신다고 한다. 매번 수첩을 들고 다니며 떠오르는 문장이나 예쁜 표현들을 잊지 않게 메모한다고 했다. 멋있는 취미라고 했더니 정말 좋아했다.

그 애의 것과 똑같은 보라색 볼펜을 선물 받았다. 보라색은 그 애가 가장 좋아하는 색이다. 문득 내 옆에서 열심히 조잘대는 그 애의 정수리를 봤다. 물기가 조금 있는 것이 이상하다. 아침에 머리를 감고 왔다기엔 지금은 점심시간인걸. 안 감아서 떡진 걸까. 가만 보니 덩어리라 하기엔 작고 가루라 하기엔 큰 무언가가 두피 구석구석에 엉겨 붙어 있다. 얼핏 보면 비듬이나 각질로 착각할 만한 그것은 지우개 가루였다.

"잠깐만."
물기 어린 머리카락에 달라붙은 지우개 가루들을 손으로 살

살 떼어 냈다.

"이거 잘 안 되네…."

"어, 지, 지금, 뭐…."

"뭐가 붙어 있어서."

아까까지 열심히 말하던 모습이 무색하게도 확연히 조용해진 모습에 제법 신경이 쓰인다. 풀이 죽었다고 해야 하나, 침울해 보인다고 해야 하나. 분명 하는 행동이나 겉으로 보이는 모습은 정반대인데, 이상하게도 누구와 겹쳐 보인다. 항상 딱딱하게 굴었지만 누구보다도 여렸던 아이. 공부를 정말 잘하던 아이. 아직 떠올릴 만한 것도 얼마 없을 정도로 잘 모르는데도 멀리 떠나버린 그 아이, 반장 지연이.

02. 반복

오늘도 어김없이 태양이 쨍쨍한 하늘. 그리고 계속되는 야외 체육수업. 거기에 더해 오늘도 반복되는 나의 꾀병 핑계까지. 이 얼마나 한결같은가.

"선생님, 저 배가 아파요."

"앗, 많이 아프니? 힘들면 저기 앉아서 쉬어도 되는데."

"제가 생리여서 보건실 가서 약이라도 좀 먹고 누워 있고 싶어서요."

"아, 그렇구나. 딴 길로 새지 말고 보건실 출입증 챙겨오렴."

체육 선생님에게 생리 핑계는 백이면 백 먹혔다. 남자 선생님들은 여학생들이 생리 핑계를 대며 수업을 빠지면 언제나 넘어가 주었다. 여자 선생님들이라면 몇 주 전에도 그렇게 말하지 않았느냐 하며 꼬치꼬치 캐물어 조퇴나 수업에 빠지길 원하는 학생들의 어설픈 환자 연기는 안 통했다. 각종 핑계엔 질릴 대로 질려 대충 보내줄 법도 한데, 아쉽게도 말이다. 난 생리통은 없지만 종종 체육 수업을 빼먹고 푹신한 보건실 침대에서 자고 싶을 때 생리를 핑계로 대곤 했다.

그리고 누구 씨가 오늘은 연락을 안 하니까. 일상 한켠에서 문득 떠오르는 그 애 생각은 왠지 모를 서운함이나 쓸쓸함을 내게 전해 준다.

"선생님?"

보건실엔 아무도 없었다. 속으로 쾌재를 부르곤 침대로 올라가 커튼을 치고 잠들었다. 한 30분쯤 잤나, 커튼 바깥에서 들려오는 말소리에 슬며시 눈을 떴다. 사실 요 며칠 지쳤던 날 위한 소소한 이벤트로서, 은근히 재미있는 일을 목격하기를 기대했던 걸지도 모른다. 뭐 그런 거 있잖아, 비밀 연애 중인 커플의 밀회라던가. 하지만 들려오는 소리는 그렇게 은밀하진 않았다.

"내가 말하고 있잖아, 지금."

"……."

누군가가 들을 것을 염려한 것인지 큰소리는 아니었지만 싸우고 있는 게 아니라는 것은 분명했다. 둘은 상하관계가 확실하게 나누어져 있는 것으로 보였다. 다른 한쪽의 조용하면서도 묘하게 강압적인 말투 때문이었다. 마음 같아선 커튼 사이로 무슨 일인지 보고 싶은 궁금증이 일었지만, 들켜도 좀 그렇고 뭔가 그럴 분위기가 아닌 것 같아 조용히 귀를 기울였다.

"대답."

"나, 나, 나는…."

상하관계에서 '상'에 위치하는 것으로 예상되는 애가 쇳소리가 섞인 걸걸한 목소리로 말했다. 담배라도 피우는 걸까. 그 와중에 말투는 지나치게 날이 서 있어서, 아까의 따가운 햇살을 연상케 했다.

"아, 말하는 거 진짜 왜 이렇게 웃기지."

그 애는 별안간 웃음을 터트린다.

"근데 너 말 더듬는 거 유전이야?"

"……."

"애들이 그렇다던데. 혹시 화난 거 아니지? 그러면 미안하구~"

"막 이래. 미안하겠냐고 내가."

"왜 대답 안 해, 나 무시해? 상처받았어~."

장난스레 우는 시늉을 하곤, 갑자기 홱 정색을 한다.

"야. 입 하나 열기가 그렇게 어려워?"

"혀, 현아, 나는…."

"근데 있잖아, 대학에 장애인 전형 같은 거도 있지 않냐? 네가 가면 되겠다. 너 말 더듬는 그거로. 야, 좋겠다-."

"어, 그. 그게…."

"맞다, 저번에 빌려 간 수첩 있잖아, 지금 돌려줄게. 뺏어간 거 아니구 빌려 간 거래도. 앗, 근데 실수."

쫘악.

'현'이라고 불린 걸걸한 목소리의 그 애는 웃음 섞인 목소리로 아마 억지로 뺏어갔었을, 상대의 수첩을 찢으며 실수라 말했다. 한쪽의 일방적인 폭력 행위가 계속되며 금방이라도 터질 것 같은 팽팽한 분위기에 침을 꿀꺽 삼켰다. 그때, 팔꿈치로 침대 옆 협탁의 꽃병을 치고 말았다. 실수였다. 꽃병은 불안하게 휘청이더니 내가 미처 잡을 새도 없이 탁자 아래로 곤두박질쳤다. 악, 안 돼.

와장창.

꽃병이 박살 나는 소리가 났다. 커튼 밖은 갑자기 조용해졌다. 기분 탓인지 싸늘해진 공기에 순간적으로 헙 하고 숨을 참았다. 은밀한 자기들끼리의 대화를 보건실 안의 누군가한테 들켰을지도 모른다는 사실에 당황한 것인지, 그 둘은 보건실 밖으로 나갔다. 보건실 문이 닫히는 소리가 나자마자 참고 있던 숨을 허겁지겁 내쉬었다. 본의는 아니었지만 엿듣고 있었다는 걸 들킬까 무서워 조심스레 커튼을 열고 밖으로 나갔다.

방금까지 내가 들은 일이 믿기지 않을 정도로 멀쩡하고 심지어 평화로워 보이기까지 하는 풍경에 내가 방금 꿈을 꿨나 싶었다. 하지만 자세히 보니 아까 내가 들어왔을 때보다 상당히 뒤로 밀려 있는 의료용품 카트와, 어수선하게 흩어져 있는 찢긴 종잇조각들이 보인다. 방금의 그것이 꿈이 아니었음을 증명하기라도 하듯이. 종잇조각에는 군데군데 볼펜의 것으로 추정되는 잉크가 번져 있어 원래 적혀 있었을 터인 내용을 알 수는 없었다. 대신 그 속에 햇빛을 반사하며 반짝이는 무언가가 어렴풋이 보였다. 그제야 눈에 들어오는 볼펜. 종잇조각들을 헤집어 그것을 주웠다.

그건 보라색 볼펜이었다.

에필로그

"수속은 다 밟았다. 제발 거기 가서는 엉뚱한 일 벌이지 말고 공부를 해. 진지하게 걱정돼서 그러니까."

교무실 문 옆 벽에 기대어 그 말을 엿들었다. 뭐가 진지하고 뭐가 걱정인데. 서영이한테 그런 걱정을 쏟아도 아까울 판국에. 뭐 하나도 마음에 들지 않지만, 그 애가 전학 간다는 사실만은 조금이나마 위안이었다.

학교폭력 7호 및 2호 처분.

그게 서영이를 괴롭히던 애가 받은 처분이었다. 걔는 우리 중이었던 누구와는 다르게 부모님이 엄하셨나 보다. 그 애 엄마가 학교 보내기 쪽팔린다고 혼내는 모습을 누가 봤더랬나. 사실 그마저도 별로 마음에 들진 않는다.

"너 되게 웃긴다. 지금 엿듣고 있는 거지?"

"자의식 과잉이냐? 쌤한테 수행 제출하러 왔는데."

"으, 착한 척 범생이 코스프레 쩔어. 그래봤자 너도 친구 없어서 붙어먹으려는 거 아냐?"

"없긴 왜 없어. 서영이가 내 친군데?"

"그래~ 왕따끼리 잘들 노세요~"

'네 말 하는 꼴을 보니 왕따는 네가 당할 것 같은데.'

퍼뜩 정신을 차리고 말을 삼킨다. 어떤 이유를 붙이든 간에 누군가를 괴롭히는 행위가 정당해질 일은 없다. 알 바야. 서영이는 나랑 다닐 건데. 몇 마디 쏘아붙였다. 그 애는 질린다는 표정을 지으며 떠나간다. 기분은 나빠도 그냥 무시하고 살란다. 제 인생 지가 망치지. 그 선배들은 지금 뭐하고 살까. 아 이제 선배도 아니지. 제발 마음 편하게 살지는 않았으면 좋겠다. 영원히 잊지 말았으면.

지연이와의 관계도 지금과는 달랐을지도 모른다. 우리는 그냥 그렇게 반장과 반의 일원으로 스쳐 가는 관계가 되었을 수도 있었다. 네가 나였다면 달랐을지 묻고 싶다. 너는 나와 다르게 행동할 거였어? 그래봤자 너는 나랑 다른 사람이기에 의미 없음을 아는데도 불구하고 속으로나마 질문을 던져본다.

그때 널 피해 더 구석진 그늘로 가지 않았더라면, 좀 더 눈에 띄었더라면. 누군가 날 발견하고 깨워주었다면. 처음부터 졸지 않았다면, 그래서 도서관에 갔다면. 그때 네게 책을 빌리지 않았다면, 네가 하필 그 책을 건네주지 않았더라면. 내가 널 찾을 생각을 하지 않았더라면, 처음부터 그냥 너 같은 걸 신경 쓰지 않았더라면, 그랬다면 좀 달랐을까. 넌 계속 괴롭힘을 당하다 조용히 졸업했을까? 아니면 전학? 똑같이 다른 나라로 가버렸을지도 모르지. 네가 나였다면, 내가 너였다면 우리의 현재는 달라졌을까.

그래. 모든 이야기는 그 오지랖에서 시작되었다.

글을
마치며

　소설은 처음 적는데, 나의 이야기가 아니라 가상의 인물에 대해 쓰는 것이 조금 어렵게 느껴졌다. 개연성이 부족하여 글을 어떻게 이을지 고민한 적도 많았다. 그리고 항상 글의 분량을 조절하는 게 힘들었다. 유독 내 글만 분량을 많이 차지하는 것 같아 조금 눈치가 보였다. 솔직히 글의 길이만큼 재미있을지는 모르겠다. 괜히 지루하진 않을까 걱정이 된다.

　두 번째로 하게 된 글쓰기인데, 예전에 비해 뭔가 발전이 있을지 모르겠다. 그래도 누군가 조금은 나아진 것 같다고 말해 준다면 기쁠 것 같다.

가끔은 우울이
찾아올수도

김나영

- 이름: 김나영
- 나이: 만15세(중3)
- 좌우명: 내 인생 최고의 순간은 오지 않았다.
- 내가 좋아하는 책: 그게 너였으면 좋겠다
- 현재 관심사: 현재
- 이 책을 읽는 당신에게: 자신 혼자서 생각해 오고 고민해 왔다면 이 글을 읽고 조금이나마 해답을 찾고 감정들에 위로를 받았으면 좋겠다. 그리고 자신도 몰랐던 자신의 감정에 대해 충실해져 보고 감정을 잘 다스릴 수 있는 사람이 되기를 바란다.

chapter 1
그것은 우울이었다.

1. 우울에 처음 발을 딛는 순간

뜻밖의 손님이 내 감정문을 두드렸다. 우울이었다. 2년이라는 짧지 않은 시간 동안 나는 별 하나 없는 광활한 밤 속을 한치 앞도 안 보이는 어둠 속에서 넘어질지도 모른다는 두려움을 가지고 끊임없이 걷는 기분이었다. 나는 그때의 내 모습에 머물러 있는 사람들과 같은 감정을 느끼는 사람들에게 하는 말을 꺼내 보려 한다.

다이어트를 해서 그런 것인지 그냥 시기가 맞았던 것인지는 아직도 모르겠다. 코로나로 인해 불어난 살을 모르고 있다가 어느 날 문득 거울 속의 나를 한참이나 멍하게 바라보았다. 나는 굳게 결심하고 약 1년이라는 시간 동안 9kg을 감량했다. 급식도 먹지 않고 간식도 먹지 않으며 먹는 것에 대한 재미를 점차 잃어가, 끝에는 음식 생각을 하지 못할 정도로 극심한 스트레스가 몰려왔다. 날이 갈수록 쑥쑥 빠지는 체중계를 보며 저체중이 됐을 무렵. 아, 이제 먹어도 되겠다 싶은 생각이 들어 밥을 먹었다.

이 시기가 6학년~중학교 1학년까지의 스토리이다.

이때 나는 다이어트 성공을 얻고 그와 동시에 악몽도 얻었다. 아, 내 이야기를 듣는 사람들이 우울해질지도 모르겠다. 하지만 나는 나와 같은 감정을 겪었던 사람들에게 해주고 싶은 이야기를 계속해야겠다.

방에서 나오지 않고 하루 종일 잠만 자고 밥도 안 먹었다. 그냥 사람 꼴이 아니었다. 나는 아직도 그때의 스트레스가 내 신체와 마음에 깊이 배어 아물지 않고 있다. 살이 찔 거 같아서 밥을 배부르게 먹는 것을 싫어한다. 배가 차서 물을 마시는 것도 싫어한다. 이런 하루하루가, 이런 악몽들이 1년 이상 지속되었다.

.

.

.

여기까지가 나의 다이어트 악몽에 관한 이야기다.

***

시간이 흘러 나는 중학교 2학년이 되었다. 다행스럽게도 난 많이 변하고 성장할 수 있었다. 이 시기가 나에겐 용기와 두려움, 수많은 고민으로 내딛은 발이었다. 반 친구들과 함께 매일 어울려 다니고, 잠시 동안 스트레스를 잊을 수 있었던 댄스부에 들어가게 되어 소속감을 느낄 수 있어서 안정을 느꼈고 많이 행복했다. 그리고 시험도 쳐보면서 또 다른 아픔을 겪어보며 성장했다. 그리고 무엇보다 이 악몽에서 발버둥쳐 벗어나려는 나의 의지가 가장 확고했다.

***

매일 나를 위해 1시간을 목욕하는 데 소비했다. 그리고 좋던 싫던 그날 나에게 있었던 일을 기록하며 일기를 썼다. 따뜻한 밥 한 끼를 잘 챙겨 먹고, 많은 생각을 하지 않도록 친구들을 만나러 다녔다. 그리고 5분이라도 밖을 나가서 햇볕을 쐬었다.

점점 예쁜 꽃에 홀려 물을 주듯이 자연스레 나는 이런 노력하는 일상에 적응되어 갔고, 그렇게 나의 첫 번째 발은 어느샌가

171

걸음마를 떼어 익숙히 달리고 있었다. 하지만 그 달리기까지의 과정은 절대 쉽지 않았다. 수없이 노력했다.

그리고 나는 마침내 3년이 흐른 지금, 중학교 3학년이 되어서야 완전히는 아니더라도 조금이나마 극복할 수 있게 되었다. 그리고 나는 그제서야 깨달았다.

.

.

.

남과의 비교로 시작한 자그마한 것이 이 악몽의 시작이었다고.

2. 돌이켜보면

나는 완벽주의 성향이 있었다.

하지만 그와 동시에 게으름도 함께 공존했다. 한마디로 그냥 욕심만 많은 게으름뱅이였다. 이런 성향은 누군가에게 인정받고 싶었기 때문 아니었을까 하고 과거의 나를 추측해 본다. 하지만 그럴수록 내 욕심은 커졌고, 그에 비례하지 않게 내 결과는 항상 점점 떨어질 뿐이었다. 그리고 나는 충분히 더 떨어질 수 있는, 알 수 없는 곳으로 떨어지고 또 떨어졌다.

이런 완벽주의자들에게는 충분한 휴식과 휴식을 누릴 만한 충분한 공간이 필요하다. 안정이 필요한 것이다. 안정을 느껴야 조금은 유해지고 한구석에서 확실히 완벽하려는 것이 덜해진 다고 생각한다. 완벽하고자 하는 것은 절대 잘못된 게 아니다. 그만큼 더 잘하고 싶은 마음, 잘하고 싶은 좋은 욕심이 내 행동 보다 조금 더 앞섰을 뿐.

완벽하려고 하는 욕심은 오히려 좋은 자세다.

"세상은 밝게, 마음은 넓게, 희망은 크게"

내가 지금까지 봐온 글귀 중에서 지금 현재, 그리고 과거에 나에게 힘을 주고 다시 다잡아 줬던 글귀다. 지금 보니 어릴 때 나는 생각보다 참 밝은 아이였나 보다. 아, 지금의 나처럼 밝게 살아가려고 노력한 걸까?

"내 인생 최고의 순간은 아직 오지 않았다."

시험 기간 힘들어 죽고 싶을 때마다 포스트잇에 써놓고 수십 번 나 스스로를 달랬던, 아주 소중한 버팀목이 된 글귀이다. 이 렇게까지 살아야 하나 싶을 때, 미래에 내가 행복한 순간들을 상상할 수 있게끔 도와줬다. 이 글귀 때문에 '지금 죽으면 미래에 내가 이런 행복한 순간을 만끽할 수 없다니' 하고 어떻게든 버텼다. 지금 당장 힘들어 죽을 것 같은 사람들에게 아주 많이 알려주고 싶은 문구다. 제발 살자. 살아서 내 인생 최고의 순간들을 누리고 지금 죽어도 여한이 없다 싶을 때는 더 큰 최고의 순간을 기다리면서 또 살자.

이 글귀들은 언제까지나 나의 감정에 대하여 한정되지만, 사람마다 머리에 쏙 박히는 글귀가 있을 것이다. 그걸 내 인생 명언으로 삼고 힘들 때마다 떠올리며 다시 살아갈 원동력을 얻을 수 있었으면 좋겠다.

그리고 그 글귀가 내 인생이 되도록, 내 것이 되도록 또 살아가자.

3. 이제야 조금은 알겠다

나는 우울에 많이 걸려 넘어졌고 많이 밟았다. 아니 자세히 말하자면 밟으려 노력했다. 나는 우울할 때, 우울한 이유가 다 내가 자초해서, 잘못한 일같게 느껴졌다. 어쩌면 그 속에서 나오려다가도 무언의 죄책감 때문에 또다시 우울이 아닌 나를 밟고 돌아섰을지도 모른다.

우울은 오랜 시간 동안 내 곁에 악착같이 달라붙어 있었다. 결코 내가 떼어 내려 해도 떼어 낼 수 없는 그런 존재였고 존재로서 지금까지도 내게 붙어 있다. 이 딜레마는 나를 끌어내리고 끌어내려 결국은 나 자신을 없애는 것이었다.

우울을 쫓아내려고 내 모든 시간을 투자하는 것보다 그냥 받아들였다. 그리고 또다시 그게 나를 괴롭힌다는 생각이 들 때면 그냥 어휴 한 마디면 된다. 너무 괴로워하지 말자. 태풍은 내가 아무리 집을 탄탄히 짓고 아무리 버텨도 다 휩쓸고 지나가는 법이다. 그냥 그럴 때는 지하로 피하는 게 가장 쉽다. 우울도 그렇게 생각하자! 지하에서 무슨 재밌는 시간을 보낼지, 평소 가까이 있지 못했던 사람들과 붙어서 어떤 대화를 주고받을지를 생각하자.

우울할 때는 나 혼자 버텨내려 하지 말고 주변인의 도움을 받는 것이 참 좋은 것 같다. 주변에는 생각보다 나를 도와줄 사람이 많다. 주변에 없다면 대신 일기가 있다. 일기는 정말 생각 외로 도움이 많이 된다. 우울은 한창 우울할 때는 정말 외롭기 때문에 그 우울함이 더 확장되어 느껴지는 데에 한몫한다고 생각한다.

나 자신은 늘 밝을 필요도 없고, 늘 잘해야 할 필요가 없다. 그냥 그럴 때도 있고 좋을 때도 있고 힘들 때도 분명히 있는 것이다. 마냥 항상 행복하기만을 바란다면 그건 진짜 행복을 모르는 것이랑 같은 감정이다. 쓴맛을 보고야 단맛을 더 깊게 느끼는 것처럼 항상 행복만 하다면 과연 내가 행복이라는 감정을 느낄 수 있을까?

우울할 때는 한번 끝도 없이 우울해 보는 것도 나쁘지 않다고 생각한다. 지금 생각해 보니 난 우울로 많이 힘들었지만, 우울로 인해 깨달은 사실도 있다. 이렇게까지 안 우울해도 되는구나. 세상은 그런대로, 내가 우울하든 말든 잘 돌아간다. 때로는 그런 세상이 참 미련하고 우습고 원망스럽게 보이기도 한다. 그냥 내가 어떤 눈이든, 나 스스로 이해해 주고 받아들이자. 그러면 마음 한편이 그래도 편해질 것이다.

최근 본 영화 〈엘리멘탈〉에서 이런 말이 나에게 참 위로를 주었다.

"화내는 것도 나쁜 건 아냐. 화가 날 때는 나는 이렇게 생각해. 마음의 소리를 들을 준비가 안 돼서라고."

맞는 말이다. 화내기 전, 한 번 더 생각해 보면 화를 안 낼 수도 있다. 순간의 감정이 욱해, 마음이 생각할 겨를도 없이 그 소리를 듣지 못해 감정이 먼저 나오는 것이 화니까. 그렇다고 화를 억누르라는 것은 아니다. 그런 감정에도 충실할 줄 아는 것이 사람인 것 같다.

이런 여러 감정은 결코 절대 쓸모없고 나를 힘들게만 하는 존재는 아니다. 나를 더 발전시키고 상기시켜 더 나은 사람이 될 수 있도록 도와주는 소중한 존재들이기도 하다.

4. 나를 위해

도저히 혼자의 힘으로 못 버티겠다고 느끼거나 생각할 때, 그럴 때는 내가 사랑하는 무언가를 찾아보자.

무엇이든지 상관없다.

그냥 내가 사랑할 때만이라도 우울과 무기력함을 잊을 수 있는 사랑하는 무언가의 존재이면 된다. 사랑이라는 감정은 감정 중에서도 가장 크고 세다. 게다가 쉽게 느낄 수 있다. 사랑하는 무언가가 이왕이면 살아 있는 한 존재이면 더욱 좋다. 그 존재에 나를 이입하여 나도 모르게 사랑하는 무언가를 따라하며 본받을 수 있고, 무언가를 좋아한다는 것 자체만으로도 아주 좋은 자세이기 때문이다.

열렬히 무언가를 좋아하다 보면 금세 내 머릿속은 어두운 생각 대신, 그 사랑하는 무언가로 가득 채워지게 될 것이다.

하나의 가치나 목표를 무언가에 대입하여 그렇게 살아보려는 시도는 아주 용기 있고 멋진 자세이다.

 사랑하는 무언가에 푹 빠져보자.

 사람마다 다르겠지만 나는 우울할 때면 영화관 가는 것을 좋아하는데 특유의 영화관 팝콘 냄새와 극장 안이 주는 편안함과 영화 시간만큼 잊어버릴 수 있는 잡생각이 없어져 참 좋다.

 우울은 나에게 많은 시련을 주었지만, 이런 우울과 외로움이 나에게 이러한 글을 쓸 수 있게, 더 많이 성장할 수 있게 만든 밑거름이 되었다. 우울은 끝도 없는 어둠 속의 생각에서 악착같이 피어나는 감정이다. 너무 감당할 수 없을 만큼, 주체할 수 없을 만큼 힘들 때는 그저 아무런 생각 없이 흘려보내 주자. 되게 쉬워 보이지만 생각하지 않는다는 것은 매우 어려운 일이다. 그냥 이도 저도 모르겠으면 그때 상황마다 내가 내키는 대로 해주면 된다. 외면하지만 말고 한 번쯤은 세게 부딪혀 보는 것도 나의 감정에 충실해져 보는 시간이다.

 남들과 비교하지 말자.

 나를 불행히 만드는 것 중 가장 큰 요소가 비교이다. 끝도 없이 비교하면 세상에 잘난 사람은 한 명도 없다. 완벽한 사람도 세상에 없다. 완벽해 보이는 사람도 속에서는 우리보다 더 큰 비교를 하고 있을지도 모른다.

그리고 마지막으로 나 자신을 더 아껴주고 이해하는 시간도 가져보자. 혼자서 외롭고 힘들었을 시간에서 맞서 애썼던 나를 위해 인정해 주고 그에 걸맞는 충분한 보상을 해주어야 한다.

오늘 하루는 어땠을까. 내 삶부터 들여다보고 칭찬하는 시간은 아주 중요하다. 그래서 일기 쓰는 시간은 더더욱 소중하다. 사람들은 생각보다 나에게 관심이 없고, 내가 아니면 남들은 나의 본모습에 대해 잘 알지 못한다. 그러니 남의 눈에 너무 신경 쓰지도 말고 내가 나 자신한테 더 큰 칭찬을 해주자. 나 스스로가 우선순위가 되어야 다른 사람에게 잘해 줄 수 있다. 남들 또한 이런 시련과 고난을 겪었을 것이다. '나만 힘든 게 아니야.'라는 생각보단 '남들도 이렇게 힘들었으니 나도 한번 이겨내 보자.'라는 마인드로 살자.

참 우울했던 때에 나에게 매일 찾아오는 밤은 마치 흘러가지 않고 지금 이대로 영원히 멈춰 있을 것만 같은 밤 같았다.

잠이 와 몸이 지치는데, 불안에 휩싸여 잠들지 못하는 그 순간이 너무 화가 났고 한없이 더 괴롭고 힘들었다. 그 순간뿐만 아니라 틈틈이 왜 이렇게 살아 있나, 사는 이유가 뭔가, 이렇게 살아봤자 라는 생각이 참 많이 들었었다.

생각해 보면 사는 이유는 없다. 그냥 사는 거다. 그냥 살면서 여러 감정을 느끼려고 사는 거다. 그거 말곤 이유가 없다. 하지만 그 감정 때문에 한편으로는 죽고 싶을 때도 있다. 그냥 살아있는 동안 많은 감정을 느껴보자. 이런 감정 느끼기에 지쳤다면, 그냥 차라리 흘러가는 대로 살아보면 어떨까? 그냥 뭔가를 하고 싶으면 하고 하기 싫으면 하지 말고 가끔은 내 감정이 내키는 대로 흘러가 보자.

내 감정은 많이 소중하니까.

chapter 2
이것은 행복이었다

1. 입가엔 행복이 잠시 머무르고 간다

우울한 얘기를 한껏 했으니, 이제는 마냥 우울하지만은 않았던, 행복했던 이야기를 해야겠다.

돌이켜보면 나는 항상 우울하지는 않았다. 우울 속에 가려져 가라앉아버렸을 뿐이지 분명 행복한 일도 있었다. 어쩌면 우울하다는 생각에 나도 모르게 너무 깊게 빠져 행복을 기억하지 못하는 걸 수도 있을 것 같다.

나는 하루의 끝이자 아침이 되는 밤 12시부터 새벽 2시 사이에 무드등을 켜고 일기 쓰는 게 참 좋았다. 하루 종일 나를 그림자처럼 따라다니던 모든 것들도 그때 그 시간만큼은 나를 온전히 놔주는 듯했다. 내뱉는 숨이 편안했다. 그리고 주말 아침마다 엄마와 같이 내려 마시는 커피가 아침의 기분을 한결 편안하게 만들어 주었다. 그때부터 커피가 좋아졌다.

이때 감정들은 지속적으로 하루 종일, 하루 중에서 행복함을 많이 느낀 것이 아니라 아침이나 밤에나마 잠시 행복이 느껴졌던 것이었다. 하지만 나는 그때도 분명 잠시라도 행복했다는 사실은 틀림없다.

모두 힘든 시간 속에서도 이런 작은 행복 하나쯤은 있을 것이다. 예전에 '소확행'이라는 말이 유행했었다. '소소하지만 확실한 행복'의 줄임말이다. 마냥 행복한 일만 가득한, 앞으로 행복한 일만 가득할 줄 알았던 어릴 때는 이 말을 이해하지 못했다. 소소한데 그 행복이 어떻게 확실하지? 어떻게 보면 소소한 행복이 머리가 아닌 마음속으로는 더 진한 행복일지 모른다. 커다란 행복은 분명 그때 그 당시에 내가 세상을 다 가진 것처럼 가장 행복하게 느낀다. 하지만 이건 머리로 큰 행복을 감명받았을 뿐이지, 소소한 행복은 머리로 기억은 하지 못하지만, 그때 마음속으로 행복을 진하게 느꼈을 것이다.

행복은 아주아주 쉽게 생각해 보면 되게 단순하다. 그리고 그걸 느끼는 나도 단순하다. 단순한 게 가장 좋다. 쉽게 느끼고 쉽게 털어버리니까. 아주 단순하게 그냥 왠지 기분이 꿀꿀해질 것만 같을 때 내 입에 바로 초코아이스크림을 넣어주면 된다.

2. 내가 좋아하는 것들

행복을 찾기 위해선 가장 쉬운 것부터 생각해 본다. 먼저 내가 좋아하는 것. 내가 좋아하는 게 뭐가 있더라 하고 곰곰이 생각해 보면 벌써 입가에 미소가 슬- 번진다.

나는 새벽에 집 탈출하는 게 그렇게 좋다. 그냥 새벽이라는 시간 자체가 좋다. 가끔 머릿속에 생각이 너무 많아 이도 저도 하지 못하고 결국엔 잠에도 조차 들지 못할 때 그냥 대-충 옷 걸쳐 입고 슬리퍼 끌면서 주변 하천 한번 돌고 오면 너무 좋다. 그리고 필기구 정리하는 것도 좋다. 차곡차곡 샤프심도 새로 넣고 깨끗이 하나하나 볼펜을 넣는 게 내 복잡한 머리가 대신 정리되는 느낌이다.

난 내 주변 사람들이 좋아하는 걸 들어보고 싶다. 남의 좋아하는 이야기를 들으면 신기하기도 하고 공감되는 부분이 있기도 하고 재미도 있다. 그리고 난 멍을 많이 때리는 편인데 친구가 선물해 준 물멍을 때리고 있으면 말로 형용할 수 없는 오묘하고 편안한 기분이 동시에 들어 나를 만족시켜 준다. 노래 듣는 것도 좋은데 이상하게도 작년에 들었던 노래를 지금 들으면 작년의 냄새와 분위기가 다 떠오르고 가슴이 벅차오르는 정말 신기한 기분이 든다. 아직도 그렇다. 아직도 왜 그런지는 모르겠다. 머리는 과거에 머물러 있는데 몸은 현재에 있어서일까. 나만 그런 건지도 모르겠다. 나는 계절 중에서도 겨울이 가장 좋은데 겨울만의 깨끗하고 시원한 냄새가 좋다. 동시에 크리스마스가 가장 기다려지기도 하는 이유이다.

이렇게 또 재밌게 살다 보면 또다시 괜히 마음이 허-해지는 기분이 들 때가 있다. 그럴 땐, 그냥 아무 생각 없이 친구랑 만나 노는 게 제일 좋다. 그게 고구마처럼 꽉 막힌 복잡한 머리를 비워주는 사이다 같은 존재다.

3. 한때는, 동시에 지금도

예전에 아주 잠시 몇 주 동안 불면증 증세가 있었던 적이 있었다. 그때 내 심장 소리가 너무 크게 들리고 불안하고 무서운 마음에 도저히 잠을 이루지 못해 밤 12시에 무작정 슬리퍼를 끌고 잠시 밖을 나갔다. 그때 한 시간 동안 무작정 걷다 왔는데 한결 나았다. 그리고 수면 음악을 틀었는데 한 댓글이 아직도 기억난다.

【행복합시다. 지금 이렇게 힘들고, 불안하고, 무서운 것들은 나중에 이 감정들보다 더 큰 행복이 찾아오기 위한다는 걸 마음에 새겨두고 오늘 밤만큼은 푹 주무시길 바랄게요.】

뭔가 지금까지 느꼈던 불안한 감정에 대해 위안받는 기분이 들었다. 그리고 동시에 나도 이겨내서 내가 느꼈던 감정들을 느끼는 사람들에게 저렇게 버틸 수 있는 말을 해주고 싶었다. 그리고 지금도 가끔 수많은 생각에 잠 못 이룰 때 저 말이 머릿속에 떠오른다.

나는 예전에는 집과 방에만 있기를 좋아했다. 코로나의 영향이 큰 몫을 한 것도 있겠지만, 그때 나는 행복을 느끼려고 주도적으로 노력한 것이 아니라 그냥 행복이 나에게 다가오면 느꼈다. 그래서 나는 내 MBTI가 극I인 줄 알았다. 하지만 시간이 점점 지날수록 나는 밖에 있을 때 더 행복해하고 놀러 다니는 것을 더 좋아하게 되면서 점차 활발한 E로 바뀌는 중임을 느끼고 있다.

나뿐만 아니라 거의 대부분의 사람들은 마냥 그저 행복하지는 않을 것이다. 행복을 느낀 후에는 언제든지 고난이 올 수 있고 심지어는 행복을 느끼는 중에도 올 수 있다. 신은 우리에게 버틸 수 있을 만큼의 힘듦을 준다고 하지만 그렇게 느끼지 못할 때도 꽤 많다. 솔직히 그래서 나는 이 말을 믿지는 않는다.

진짜라면 스스로 목숨을 끊는 사람들은 왜 있을까? 버틸 수 있을 정도만 힘들었다면 충분히 이겨낼 수 있었을 텐데. 아마도 그 기준은 신에 한해서가 아닐지 생각해 본다.

나는 불과 며칠 전까지 행복함을 느끼기 위해 일부러 내 한계치의 노력을 하며 행복을 느껴왔다. 남들이 저런 거로 행복하면 나도 저런 걸 똑같이 해서 똑같이 행복함을 느껴야 한다고 생각했다. 이 행동 또한 무의식중에 나오는 남과의 비교였다. 그래서 난 내가 행복을 느껴도 그렇게 행복하지 않고 왠지 모를 허망함을 느꼈다. 한창 진짜 나의 행복이 무엇일지 고민 중이던 때, 한 피드를 봤는데 고2인 글쓴이가 삶이 재미없다고 주저리 써놓은 글에 고3의 한 작성자가 답변한 글이었다. 그 답변은 거창한 게 없었다. 그런데 인상이 되게 진하게 남았다. 그 글의 내용은 이랬다.

【뭐 나도 인생 재밌게 살려고 별 쇼 다 해봤으나 진짜 재밌는 건 없더라고요. …(생략) 그냥 인생이 뭐 그렇죠. 재미를 느끼려면 밤 8~10시 사이 근처 공원에 츄리닝같이 편하고 좀 나가 보이는 식의 옷을 입고 MP3 끼고 산책하면 기분 좋던데요.】
왠지 내가 쓴 글 같아서 공감이 잘 되었달까 그냥 진심이 느껴져서 좋았다. 나 말고 누구를 위한 게 아니라 진짜로 글쓴이

스스로만을 위해 행복을 느끼려고 진심을 다하는 듯한 모습이 글 속에서 느껴졌다. 이 글은 2007년 쓰인 글인데 고2이던 글쓴이가 14년이 지난 후 30대가 되어, 고3이었던 답변자에게 채택한 글이다. 14년이라는 시간이 흐를 동안 두 사람은 각자 또 다른 방식으로 행복을 추구하고 느끼려 10대 때의 방법 말고도 시도해 보았을 것이다.

지금의 나처럼 길을 못 찾고 조금은 방황하던 글쓴이가 어느새 한 사회의 사람으로 자리 잡아 이만큼 성장했다는 것이 나를 미래로부터의 걱정에서 조금은 떨쳐버리게 만들어 주었다. 하지만 글쓴이도 이렇게 여기저기 부딪혀보고 조금씩 조금씩 성장을 했을 터이기 때문에 나도 이렇게 지금처럼 충분히 고난을 겪어보아야 한다고 동시에 생각했다.

4. 언제나? 혹은 가끔?

난 생각이 많은 편인데 그렇다고 상상을 많이 하는 편도 아니고 더군다나 일상생활에서 하는 편은 더더욱 아니다. 생각도 많고 잡생각도 많고 그 생각이 또 꼬리를 물고 늘어질 때는 머리가 정말이지 쥐어터질 거 같고 편두통이 심하게 몰려올 때도 많다. 이제야 깨달았는데 난 생각이 많을 때면 내가 덜 바빠서 그렇다고 생각하고 그것에 관한 생각을 마무리짓지 못한 채로 애매하게 끊고 다시 살아갔었다. 너무 한가해서 그런 잡생각이 날 때도 있지만 어떨 때는 너무 바쁘게 살아와서 잠시 내가 하는 일에 대한 회의감과 나 자신을 의심하게 만들 때가 있는 경우도 있다. 그게 바로 번아웃이다.

요즘 따라 번아웃같이 우울함을 겪는 친구들이 주변에 꽤 보였는데 나 또한 그런 감정을 동시에 느껴서 또래 친구들이 지금 다들 고민하고 힘들어하는 중임을 감정으로 알게 되었다. 그래서 오히려 나만 힘든 일이 아니니 이런 일에 대해서 필요 없는 생각과 감정을 소비하지 말고 미래를 위한 노력을 더 하자고 생각했다. 그래서 이런 번아웃을 겪고 있는 친구들한테 지금까지 잘해왔기 때문에 이렇게 고난을 겪어 볼 수 있고 이 고난으로 앞으로 살아갈 때 더 잘 이겨낼 수 있을 거라고 다독여주고 싶다.

우리가 살아갈 시대가 100세 시대라고 할 만큼 우리는 아직 살날이 많은데 살아가면서 앞으로 내가 겪어보지 못했던 더 힘든 고난을 마주할 것이다. 그때에도 다 같이 모두 다 잘 이겨냈으면 하는 마음이 든다. 지금의 우리는 조금 덜 힘들어해도 된다.

아직 많이 어리기 때문에.

글을
마치며

　처음 글을 쓸 때가 추웠다가 따뜻해질 때였는데 글을 마무리한 지금, 이 시점에서 또다시 추워지고 있다. 감정이라는 주제로 일기를 자주 쓰는데 무엇을 했다는 내용보단 오늘의 기분에 관한 내용이 한가득이다. 그래서 이런 감정들을 겪으면서 하나씩 알아가는 과정을 책으로도 남기고 싶었는데, 이렇게 중3의 추억을 하나 얻는 것 같아 좋다.

　그리고 나중에 시간이 흘러서, 이때의 내가 이런 감정을 겪었다는 것을 직접 느껴보고 싶다.

　무엇보다 나와 같이 감정에 대해 혼란을 겪는 사람들에게 전하고픈 이야기다.

영원할 것 같은 오늘이 끝나게 된다면

한서준

작가
소개

- 이름: 한서준
- 나이: 만14세 (중2)
- 좌우명: 아무것도 하지 않으면
아무것도 이루어지지 않는다.
- 내가 좋아하는 책: 부의 추월차선
- 현재 관심사: 여행
- 이 책을 읽는 당신에게: 이번 고산중 책쓰기반을
통해 생애 처음 제 꿈인 소설을 써 보았습니다. 이
책을 읽을 때 각 등장인물의 감정에 대해 생각하며
읽으면 더욱더 재밌게 읽을 수 있을 거 같습니다.
다시 한번 책을 낼 수 있게 해주신
담당 선생님께 감사드리며 즐겁게
읽어 주시길 바랍니다.

그 일은 기말고사 5일 전에서부터 시작된다.

***

나는 오늘 학교를 마치고 보고 싶지 않았던 장면을 보고야 말았다. 어른들이 기침하고 피를 토하는 것을 나는 그 상황이 너무 무섭고, 무엇인지 모르는 두려움에 자리를 피하고 말았다.

그날 저녁 나는 대학 병원의사인 엄마와 아빠에게 오늘 본 것을 말했다.

"엄마, 아빠. 오늘 길거리에서 기침하고 피를 토하는 사람들을 봤는데…. 이거 뭔가요?"

엄마가 당황하며 말했다.

"어? 너도 그런 사람들을 봤어? 오늘 우리 병원 응급실에도 그런 환자들이 많이 들어왔었는데? 일단 위험할지도 모르니 피를 만지지도 말고 의심 환자한테도 가까이 가지 마."

나는 밤까지 오늘 일이 생각나 쉽게 잠에 들지 못했다.

* * *

오늘 반에서는 어제 피를 토하는 사람들을 주제로 좀비 바이러스라는 등 이야기가 끊이지 않았다.

옆 반인 준현이가 나를 불렀다,

"야! 한주민. 이렇게 반이 시끄러운데 공부가 되냐?"

"아, 몰라. 그래도 기말이 코앞이니까 해야지."

"그냥 오늘 학교 마치고 도서관에서 같이 공부해 솔직히 지금 공부 안 되잖아."

"맞네. 그게 낫겠네."

"야, 한주민. 빨리 와."

"아, 재촉하지 마. 짜피 도서관 방과후에는 사람 없다고!"

도서관에 도착해 보니 아런, 시영이가 있는 것을 본 내가 말했다.

"너희들도 시험공부 하러 왔어?"

이 말을 들은 시영이가 말한다.

"오기 싫었는데, 나 아린이한테 끌려옴."

"그래도 시험이 5일 남았는데 해야지…."

사서 선생님이 없는 것을 본 내가 말한다.

"사서쌤은 어디 가셨는데?"

"몰라? 우리 왔을 때부터 불만 켜져 있었어."

아이들이 공부만 하자 심심해진 시영이가 뜬금없이 말한다.

"나 시험 끝나면 놀러 가고 싶다."

공부만 하던 아린이가 말한다.

"우리 나이에? 그게 되겠냐?"

"우리 엄마는 7시까지 안 들어오면 빨리 들어오라고 난리 치는데 우리가 고등학생이면 모를까."

갑자기 형광등이 요란한 소리를 내며 불이 꺼지자 당황한 준현이가 말한다.

"아, 뭐야?"

"갑자기 불 꺼졌는데?"

"야, 너무 어둡다."

"근데 우리 학교만이 아닌 거 같아. 앞에 아파트에도 불 꺼졌어."

"그러면 전기도 못 써?"

"아마 그럴걸…"

"이거 블랙아웃 된 거 아니야?"

"x나 무서운데?"

휴대폰을 보고 있던 시영이가 말한다.

"근데 핸드폰이랑 전화는 되는데? 데이터는 안 되긴 하지만."

불이 꺼지자 할 게 없다는 생각에 나는 집으로 가자고 말했다.

"그러면 일단 다들 집으로 가자. 곧 어두워질 것 같아."

"그래. 그러자."

어두워진 도서관을 보고 준현이가 말한다.

"야, 빨리 도서관에서 나가자. 나 무서워."

학교 정문에서 헤어지며 시영이가 말한다.

"그냥 다들 집 가도 전기 안 들어오고 부모님도 없으면 6시까지 다시 도서관으로 모이자. 돈도 가져오고."

내가 말했다.

"그래. 전기 안 들어오면 우리끼리 학교에 있는 게 더 안전할 수도 있어."

집으로 돌아가는 길은 마치 끝나지 않는 미로를 걷는 느낌이었다.

"이 시간이면 사람이 한 명이라도 있을 텐데…"

나는 곧바로 집에 들어가자마자 거실 전등 스위치를 눌렀다.

'이거 뭐야. 우리 집도 안 되는 건가? 다른 집도 안 되는 건가?'
라고 생각할 때쯤 시영이가 한 말이 뇌리를 스쳐갔다.

'그러면 일단 돈이라도 챙겨서 도서관으로 가야겠다. 지금 시
간이 5시 45분 학교까지는 10분 정도 걸리니까 빨리 돈 챙겨
서 가야겠다.'

학교로 가던 중 편의점에 있는 ATM기가 눈에 들어왔다. 카
드에 돈 있을 텐데, 돈 뽑아서 갈까라는 생각으로 ATM를 보니
켜지지도 않은 듯 깜깜했다. 하, 이거 큰일 났네. 돈 뽑아야 하
는데라는 걱정을 뒤로 하고 약속 시간에 늦을까 봐 서둘러 학
교로 향했다. 다행히 한 사람도 없을 거라는 내 걱정과 달리 모
두 모여 있었다.

아린이가 모두 다 온 것을 확인하자 말했다.

"그러면 일단 다들 뭐 가져왔어?"

시영이가 퉁명스럽게 말했다.

"이 상황도 금방 끝날 건데 뭘 가져와. 기껏해야 충전기랑 폰
정도 챙겨 왔겠지."

도서관에 먹을 것을 다 뒤져 본 우리는 젤리 조금 과자 조금 밖
에 없다는 것을 알았다. 그러나 우리 4명이 먹기에는 턱없이 부족
했다. 나는 근처 편의점이라도 가야 하지 않겠냐며 의견을 냈다.

"편의점 가서 먹을 거를 사야 될 거 같은데. 돈 모아 봐봐."

돈을 다 모아 보니 고작 5만 원밖에 되지 않았다.

"야, 그 정도면 많은 거 아니야?"

준현이가 이상하다는 듯이 말했다.

"근데 5명이 먹을 거 사려면 많은 금액도 아니지."

"그럼 먹을 거를 사와야 할 거 같은데 혹시 편의점 갈 사람?"

"내가 혼자 갔다 올게."

시영이가 심심하던 차에 잘되었다는 듯이 말했다.

아린이가 말했다.

"음? 너 혼자 괜찮겠어? 위험할 거 같은 데 나도 같이 갈게!"

"우리 편의점 갔다 왔는데 생각보다 더 먹을 게 없어."

"그렇네. 진짜 먹을 게 많이 없네. 라면 10봉지밖에 안 되면 이틀밖에 못 먹을 거 같다."

"뜬금없지만 우리 휴대폰은 어떡해?"

"일단 휴대폰 배터리 아껴야 하니까 휴대폰은 꼭 필요할 때만 쓰자."

우리들만 있는 것이 두려운지 민서가 떨리는 목소리로 말했다.

"근데 우리 오늘 학교에서 자는 거야?"

"일단 어른들은 어디 있는 거야?"

어른을 본 적이 없는 내가 말했다.

"시영아. 혹시 편의점 갈 때 어른들 봤어?"

"아니. 난 본 적 없는데."

"이 시간이면 어른들이 안 보일 리가 없는데…."

책상에서 공부하던 준현이가 말했다.

"내 생각에는 모두 어제 피 토하는 사람들 봤잖아. 앰뷸런스 소리도 들었고. 아마도 이 바이러스는 어른들만 감염되는 거 같은데."

모두 놀란다.

"어?"

매우 놀란 아린이가 말한다.

"그런 바이러스가 있어?"

"몰라. 아직은 정확하지 않은데."

당황한 민서가 말한다.

"그러면 우리 부모님들은? 바이러스에 걸린 거야? 그럼, 우리는 어떻게 해야 하는 건데?"

내가 말한다.

"일단 진정해 봐. 나도 이거 뭔지 모르겠는데."

"아니. 이게 어떻게 된 거야? 그럼, 우리도 죽는 거야?"

준현이가 말한다.

"일단 우리들이 집에 가도 부모님이 없다는 거야?"

"아마도 부모님들은 격리소나 병원에 가셨을 확률이 커."

"그럼, 일단 우리 알아서 살아남아야 한다는 거네."

"안타깝지만 그래."

갑자기 아린이의 폰이 울린다.

【아린아 무조건 살아 ‒ 엄마, 아빠가‒】

아린이의 핸드폰을 본 내가 말한다.

"하… 얘들아. 지금 조금 심각한 것 같네. 각자 집에 가면 위험할 수도 있으니 일단 도서관에서 지내자."

모두가 말한다.

"그래. 그러자."

***

다음날.

"야, 아린아. 지금 몇 시야?"

"몰라. 지금 6시인 거 같은데."

조용히 있던 준현이가 말한다.

"야, 배고픈데 밥이라도 먹자. 아린아, 밥 뭐 있어?"

"음…. 라면이랑 햇반 있는데…"

"그것밖에 없어? 그럼 일단 라면 4개만 끓이자."

밥을 먹은 후.

"아~. 배부르니까 좋다."

아린이가 말한다.

"우리 먹을 거 좀 더 가져와야 될 거 같은데. 급식실이라도 가보자. 나랑 주민이가 갈게."

"어? 내가? 알… 알았어."

급식실

"아린아, 혹시 그쪽에 먹을 거 있어?"

"음…. 계란 조금이랑 감자, 부추 조금밖에 없는 거 같은데…."

"이쪽 냉장고에도 그렇게 먹을 거는 없네…. 어? 여기 콜라랑 사이다 있는데 뭐 먹을래?"

"음…. 나 사이다."

"어제 그 일 괜찮아?"

"솔직히 너무 힘들어."

"그치. 그런 일을 겪었는데 안 힘들 리가."

"나도 애써 괜찮은 척을 하고 있는데, 곧 무너질 거 같아."

"괜찮아. 힘들 때는 나한테 말해 내가 도와줄 테니까. 나도 진짜 죽을 만큼 힘든 적이 있었는데, 기댈 사람이 있으니까 그나마 괜찮더라고."

갑자기 아린이 얼굴이 붉어졌다.

"아린아, 괜찮아? 얼굴 너무 붉은데?"

"괘…괜찮아 나… 나 먼저 갈게."

반.

"야, 너희들 뭐하고 왔냐? 어케 늦게 왔어?"

둘이 동시에 말한다.

"아니. 식량이 생각보다 많이 없어서 더 찾느라."

식량이 많이 없는 것을 본 시영이가 말한다.

"생각보다 먹을 게 많이 없어. 이 정도면 근처 식당이나 편의점 들러야겠는데?"

"그래야겠다. 그러면 준현이랑 나랑 갔다 올게."

가는 것이 무서웠던 준현이가 말한다.

"내가 왜? 기말도 얼마 안 남았는데 내가 왜 가야 하는데?"

이 상황이 혼란스러웠던 시영이가 말했다.

"아, 진짜 김준현! 너는 밥 안 먹을 거야? 그리고 다른 사람들은 가고 싶어서 가는 줄 알아?"

"아, 알았어. 가면 되잖아;;"

학교 밖.

"그러면 근처 둘러보다가 음식이 많아 보이는 데 가보자. 거기는 음식이 많을 거 아니야."

준현이가 놀랍다는 표정을 지었다.

"오~. 맞네. 그러면 저기 햄버거집 어때 크니까 먹을 거 많아 보이는데?"

"그래. 가보자."

햄버거집.
갑자기 알 수 없는 소리가 들린다.
"야! 너희들 뭐야!"
앞장섰던 아린이가 주춤한다.
"누, 누구세요?"
"그건 알거 없고. 빨리 꺼져."
"혹시 어른이세요?"
"어. 빨리 꺼져."
"저…. 먹을 거라도 주세요. 먹을 게 없어요…."
아저씨가 빵을 두 개 던져 주며 말한다.
"이거 먹고 꺼져."
도서관으로 돌아오며 준현이가 먼저 입을 열었다.
"내가 가지 말자고 그랬잖아. 위험하다고!"
"나도 위험할 줄 알았냐."
"하. x발."

그렇게 학교로 다시 돌아오고, 갑자기 시영이가 무언가를 깨
달은 듯 말한다.
"근데 우리 계속 이렇게 있어야 해?"

"그러게. 우리 이렇게 여기 있으면 뭐도 안 되는 거 아니야?"

"우리 일단 전기부터 들어오게 해야 하는 거 아니야?"

"우리 내일 아침에 지하 1층 기계실에 가보자. 그러면 전기가 들어올 수도 있겠지."

준현이가 말한다.

"그렇다고 전기가 들어오겠냐?"

시영이가 말한다.

"너는 왜 이렇게 부정적이야. 좀 닥치고 해."

"아니. x발. 말이 안 되는 소리를 하고 있잖아."

내가 시계를 보며 말한다.

"그냥 빨리 자. 그래야 내일 일찍 일어나지."

아직 동이 트지 않은 새벽 갑자기 시영이가 기침을 한다.

"콜록콜록"

"어? 이게 뭔 소리야? 야, 김시영. 괜찮아? 일어나 봐! 물 있는 사람? 빨리!"

"여기 빨리 먹여."

"괜찮아?"

"콜록콜록"

갑자기 일어난 준현이가 말한다.

"이거 xx병 아니야?"

"에이, 설마."

"이거 확실한 거 같은데?"

"야, 아픈 사람보고 왜 그래."

"아니. 이거 우리도 위험해지는 거 아니야? 야, 김시영. 너 나가. 우리 옮겠다."

"야! 이준현! 왜 그래 안 그래도 아픈 사람한테."

"갑자기 기침하면 xx병일 수도 있잖아!"

시영이가 단호하게 말한다.

"둘 다 그만해. 내가 나갔다가 기침 안 나오면 다시 오면 될 거 아냐!"

시영이와 함께 아린이도 나간 후 준현이가 말한다.

"우리 다 걸린 거 아니야??"

"너 진짜 왜 그래. 아직 걸린 것도 아닌데."

"근데 한주민. 왜 김시영 편드냐?"

"아니. 아직 걸리지도 않았는데 왜 단정짓냐고".

"잘못하면 다 걸리고 죽을 수도 있는데, 너무 경각심이 없는 거 아니야?"

"그래도 아픈 사람한테 그렇게 말할 수가 있어. 정 그렇게 불편하면 혼자 나가서 살아!"

"그럼 나가면 될 거 아냐!"

준현이가 문을 쾅 닫으며 나간다.

나는 아린이가 있는 반으로 이동하기 위해 문을 열고 나갔다.
내가 그 반으로 들어오는 모습을 본 아린이가 말했다.

"어. 왔어?"

"시영이는 어때?"

"몰라. 계속 기침만 해."

"근데 아까 도서관에서 큰소리가 나던데 무슨 일이야?"

"이준현 나랑 싸우고 나갔어."

"아, 그렇구나…. 괜찮아! 우리 셋이 어떻게든 잘하면 되지!"

***

다음날.

나는 아린이가 깨우는 소리에 눈을 떴다.

"한주민, 일어나 봐!"

"아, 왜."

"시영이 이제 괜찮은 거 같은데? 시영아, 괜찮아?"

"으응. 어제보다 괜찮은 거 같아. 감기였나 봐."

아린이가 갑자기 시영이를 안는다.

"아, 다행이야. 나 걱정했잖아."

"나 괜찮으니까 걱정하지 마!"

"그러면 오늘 기계실 가보자!"

"주민아. 지금 바로 기계실 갈 수 있지!"

"응. 지금 바로 가보자."

지하로 먼저 도착한 시영이가 말한다.

"여기 문 잠겨 있는데?"

아린이가 말한다.

"그럼 못하는 거야…?"

갑자기 든 생각에 내가 입을 열었다.

"잠깐만 기다려 봐. 내가 손전등이랑 열쇠 가져올게."

내가 몇 분 동안 찾아 헤맨 후 다시 돌아가니, 아린이가 작은
목소리로 말하고 있었다.

"왜 안 와? 열쇠 어디 있는지 모르는 거 아냐?"

"얘들아. 늦어서 미안. 손전등 찾느라 늦었어!"

시영이가 말한다.

"괜찮아. 열쇠 가져왔으니까 들어가 보자."

"내려가서 오른쪽에 기계실 있으니까 들어가 봐!"

"어? 야 x나 어두운데?"

"손전등 받아."

"오~. 손전등 키니까 그나마 낫네."

내가 말했다.

"여기 전원 있는데, 이거 키는 거 맞아?"

아린이가 말한다.

"그거 빨리 켜봐."

발전기가 요란한 소리를 내며 동작하자 현승이가 말한다.

"야, 귀 막아!"

"너무 시끄러운데? 빨리 나가자!"

전등이 요란한 소리를 내며 켜지자 시영이가 말한다.

"이제 전기 들어온다! 이제 컴퓨터실 가보자. 뭐라도 알아야 할 거 아니야."

"그래. 빨리 가보자."

컴퓨터를 보던 아린이가 당황한 듯이 말한다.

"주민아, 이것 좀 봐."

"왜?"

"네x버 왜 이러냐. 멀쩡한 게 없는데?"

"오른쪽 위에 클릭해 봐. 저기 대피소 안내 있네."

"대피소가… 신주? 신주면 여기서 걸어서 한 시간 아니야?"

시영이가 말한다.

"이거 너무 먼데? 우리가 갈 수 있을까?"

"몰라. 일단 생각해 보자."

*＊＊

다음날.

갑자기 아린이가 나와 시영이를 요란하게 깨운다.

"주민아, 시영아. 일어나 봐!!"

"왜. 김아린."

"저기 봐봐. 누군가 있잖아."

우리는 입구에서 보이지 않는 구석에 있어서 다행히도 우리가 보이지 않는 것 같았다.

늦게 깨어난 시영이가 말한다.

"저 사람들 뭐야?"

"몰라. 하 시x봉방"

"김아린. 정신 차려. 너까지 이러면 어떡해."

갑자기 들어온 정체를 알 수 없는 사람들이 말했다.

"여기에도 사람이 없어?"

"하. 모두 죽은 건가."

그 말을 끝으로 그들은 떠났다.

"휴, 한시름 놓았네."

"그러게. 그래도 우리한테 안 와서 다행이다."

내가 말했다.

"내가 갔나 보고 올게."

"혼자? 위험하지 않아?"

"괜찮아. 아린아 혼자 가도 될 거 같은데."

"아니야. 같이 가자."

"그러면 나는?"

"안에서 쉬고 있어. 아직 감기도 나은 것 같지 않은데."

1층.

"주민아, 뭔가가 보여?"

"아니. 아직 보이는 거 같지 않은데. 헉!"

"왜 조용해 봐."

"뒤에, 뒤에!!"

"뒤에 뭐? 아, x발."

"누, 누구세요?"

"그건 알 거 없고 너희들 누구야?"

"저희는 여, 여기 학생인데요···."

"그래?"

"너희 둘뿐이야?"

"아니요. 위에 친구가 한 명 있어요."

"그래? 그러면 너희들 우리 대피소 와라."

"네? 대피소요?"

대피소라는 말을 듣자마자 내가 아린이에게 속삭인다.

"아린아. 혹시 거기 신주 아냐?"

"그래. 잘 알고 있네."

"혹시 거기 전기나 수도는 잘 들어와요?"

"수도는 잘 들어오고 전기는 잠깐씩 끊기는 거 말고는 잘 들어와. 이 정도면 오지 않을래?"

"흠… 생각을 좀 해봐야겠어요."

"그래? 그러면 생각해 보고 결정은 3일 뒤까지 해. 3일 뒤에 우리는 부산으로 떠날 거니까. 지금 부산에서 근처 다른 나라로 떠날 수 있다는 말이 있어."

"네, 알겠습니다."

내가 도서관에 가며 먼저 말했다.

"아린아, 우리가 가는 게 좋을까?"

"여기에도 전기랑 물도 들어오긴 하는데, 그래도 여기보단 다른 곳으로 가는 게 낫지 않을까?"

"그치. 내 생각도. 그런데 우리가 가도 될까? 어떤 일이 일어날지도 모르는데."

정체 모를 그 사람들이 떠난 뒤 우리는 생각에 잠겼다.

모든 이야기를 들은 내가 먼저 말했다.

"그러면 무조건 대피소로 가는 게 이득 아니야?"

"그래도. 그 사람들이 누군지도 모르는데 가면 안 되는 거 아니야?"

두 사람의 논쟁을 들은 아린이가 말한다.

"나는 가면 좋을 거 같은데… 내일 다시 생각해 보자."

다음날.

나는 아침에 일어나자마자 멍하게 있는 아린이에게 말했다.

"김아린. 빨리 나와봐."

학교 뒤편.

"야, 김아린. 너 왜 그래 아침부터 계속 멍하게나 있고."

"아니, 그게…. 이대로 살아서 뭐하나 싶어서 갑자기 그런 거 같아. 지금까지는 학원–학교–집–학원–학교–집만 반복해서 살아왔는데 지금 상황이 너무 혼란스럽고 지금까지 배워온 국영수가 지금 쓸모가 있지도 않고."

"……."

"지금 전기도 안 들어오고 통신도 안 되는 상태에서 기멜 사람도 없고. 나 지금 어떻게 해야 하는지도 모르겠고 이게 계속되면 우리도 다 죽는 거 아니야? 지금 이렇게 열심히 살고 있는데 혹여나 병이라도 걸리면 그때는 어떻게 되는 건데! 그리고 우리가 여기 있어도 안전한 거를 모르고 대피소를 갔다가 부산에 가면 안전하다는 보장이 없는데 제발 대답 좀 해봐. 이제 어떻게 해야 하냐고? 어? 제발 대답 좀 해줘…. 나도 지금 모르겠다고!"

나는 아린이의 말을 담담하게 들은 후 내 생각을 말했다.

"그래. 나도 지금 너무 힘들어. 근데 그런 말 알아? 맑은 날만 계속되면 사막이 된다는 말인데. 지금이 어두컴컴하고 힘든 날인 거 같아."

"……"

"모두들 힘든 상황인데 나는 이따금씩 이런 생각을 하고는 해. '절대로 못 죽어. 지금까지 해온 게 있는데 진짜 절대로 못 죽어 아니 억울해서라도 안 죽어.' 우리도 앞으로도 이런 일이 많을 거고 힘들 텐데 여기서 무너지면 어떡해. 이걸로 위로가 되었을지 모르겠지만 극복했으면 좋겠어."

내 말이 끝나자마자 아린이가 갑자기 자리를 박차고 나갔다.

반으로 돌아온 뒤 시영이가 나에게 물어본다.

"야, 한주민. 너 아린이한테 뭐 했어?"

"알 거 없어."

"아니. 근데 아린이가 이렇게 밝아졌다고??"

"그렇게 보였으면 다행이고."

다음날.

우리들 중에 제일 먼저 일어난 아린이가 우리들을 깨우며 말한다.

"애들아! 우리가 떠날지 말지를 오늘 정해야 할 거 같아!!"

"그러게. 그 사람이 떠난다고 말한 날이 2일 남았으니까."

시영이가 입을 뗀다.

"우리 그냥 떠나자. 대피소로."

"그래도 어른도 없고 우리 셋뿐인 우리 학교보다는 대피소가 나을 것 같아."

결국 우리는 대피소에 가는 것으로 확정되어 내일 아침에 떠나가기로 했다. 그리고 그날 저녁 학교에서 마지막 저녁을 먹고 난 뒤 아린이가 말했다.

"한주민, 너 나 따로 나와 봐."

"아니, 둘이 뭔 일이 있길래 계속 같이 나가는 거야…."

인기척이 없는 반에서 아린이가 먼저 말했다.

"아린아. 무슨 일 때문에 부른 거야?"

"너 아직도 모르겠어?"

"뭐를?"

"아니다. 가자."

"말은 해줘야 알지."

"너는 눈치가 왜 이렇게 없냐. 내가 너 좋아하는 거 모르겠냐고."

"어? 어?"

"내일 떠나니까 이 말은 하고 싶었어. 나 먼저 갈게."

"어? 어."

다시 도서관으로 돌아온 나는 깊은 생각에 빠졌다.

'내가 지금 이대로 가면 될까?'

'내일은 안전할까?'

'설마 대피소에는 사람이 없는 것은 아니겠지?'

'우리는 앞으로 어떻게 되는 걸까?'

하지만 나는 이 생각들을 하는 게 필요 없다고 느껴졌다.

왜냐하면 예상되는 내일은 없기 때문이다.

영원할 것 같던 오늘도 끝나 버렸다.

긴 것 같지만 짧은 하루.

나는 또 다른 영원할 것 같은 하루를 위해 달려간다.

글을
마치며

'바이러스'를 글의 주제로 선정한 이유는 코로나 시기를 보내며 경험한 일을 바탕으로 '만약 어른들만 걸리는 바이러스가 발생하면 어떻게 될까?'라는 의문으로 이 글을 쓰게 되었습니다.

여러 인물이 학교에서 일어나는 일을 글로 쓰면서, 캐릭터의 특색을 살리는 것에 어려움을 겪었습니다. 그래서 인물의 인원을 줄이고, 확실한 성격을 부여하여 글을 수정하였습니다.

이 소설을 쓴 6개월은 짧으면 짧고, 길면 긴 시간이었습니다. 처음에는 '내가 글을 잘 쓸 수 있을까?'라고 생각했습니다. 그 오랜 시간 동안 스토리를 구상하고 수정하길 반복했던 제가 글을 완성하였다니 정말 기쁘고 감격스럽습니다.

마지막으로 긴 글을 읽어 주셔서 감사합니다.

신난다

댓글고고

강력추천

?!
궁금궁금

심쿵♥

반가워요

답변부탁해요

회피

이상윤

- 이름: 이상윤
- 나이: 만 14세 (중2)
- 좌우명: 진정 좋아하는 시간이 5분이라도
있으면 사람은 살 수 있다.
- 내가 좋아하는 책: 어린왕자
- 현재 관심사: 사극
- 이 책을 읽는 당신에게: 이 글은 어설프지만
읽을 수 있는 글이기에 끝까지
읽었으면 좋겠다.

제 1장
붉은 눈의 소녀

모든 이야기는 그 책에서 시작되었다.

침대 옆에 헬멧이 놓여 있고 칠흑처럼 흑발 생머리에 얼굴은 매우 하얗고 피처럼 붉은 눈동자가 조금 특이한 나. 이진아는 오늘도 일하는 평범한 우체국 편지배달원이자, 검정고시를 준비하는 21살이다.

아침엔 편지배달 일하고 저녁에는 검정고시를 준비한다. 검정고시공부는 힘들지 않았다. 하지만 걱정이 있다면 내가 독학

이라 모의고사 성적이 잘 안 나온다. 과외선생님이나 학원을
다녀야 할 텐데.

"어~ 언니."

나랑 같이 살고 있는 언니에게 전화가 왔다. 사실 내가 얹혀
사는 것이지만 아무튼 언니의 이름은 희진 엄청 이쁘다. 거기에
다 나랑 8살 차이밖에 안 나지만 나에게는 엄마 같은 존재이다.

심지어 공무원 취직도 해 소득이 안정돼 지금은 시골집 투룸
에서 살고 있다. 나는 무지 행복하다.

제 2장
빈집

난 배달을 하면서 이상한 집이 생겼다. 빈집 같은데 편지가 계
속 쌓인다. 평소와 같이 일하던 중 그 집에 택배가 왔다. 난 걱
정 반 기대 반으로 문을 두드렸다. 그리고 외쳤다.

"계세요?"

그리고 잠시 뒤. 문이 열리면서 사람이 보이는데 그는 다크
서클은 매우 진하고 머리는 산발인데 옅은 갈색 빛에 몸은 매
우 말랐다. 또 옷은 런닝이지만 그는 재빠르게 편지를 낚아챈

뒤 들어갔다.

　하지만 나는 그의 얼굴을 알았다. 다재다능한 수학일타강사 김이한 잘생긴 외모에 성격까지 유쾌해 스태프들도 그를 좋아했다. 성추행스캔들로 김이한이 잠적해 버리기 전까지는.

　그러나 그 스캔들은 거짓으로 누가 악플을 써서 낸 소문인 걸로 밝혀졌다. 그런데도 김이한은 나타나지 않고 계속 잠적해 있었다. 그리고 내가 사람을 알게 된 것은 단 1권의 책 때문이다. 그 책은 김이한이 쓴 책인데 내용이 참신한 수학책, 내가 많이 즐겨보는 책이다.

　하지만 스캔들 때문에 출판이 중단되어서 그 사람은 왜 여기에 있을까? 난 생각에 잠겨 잠을 쉬이 이루지 못했다.

＊＊＊

　다음날.

　난 잠을 못 자 무척 피로하다. 졸음 좀 쫓을 겸 산책에 나섰다. 나와서 밤공기를 마시니 상쾌해 기분이 썩 좋았다.

　계속 산책하니 어디인지 모를 강아지소리가 들려왔다. 난 잠시 찾아보니 김이한이 서있었다. 그는 웃으며 강아지밥을 주며 '환하게' 웃고 있었다.

난 숨어서 환하게 웃고 있는 그를 지켜보았다. 밖에 안 나오는 줄 알았는데 새벽에만 나와서 내가 못 본 거였구나.

입가엔 미소가 흐뭇하게 걸려 있었다.

난 왜인지 모르겠지만 얼굴을 붉히며 그를 바라보는 것을 멈추고 집으로 몰래 들어갔다.

제 3장
각자의 기억, 기억의 한 조각

내가 어젯밤 김이한을 보면서 문득 생각이 났다. 나도 희진 언니 부모님이 거두어 주지 않았다면 지금쯤 나는 김이한보다 더한 폐인이 됐을지 모른다.

난 부모님이 모두 병으로 돌아가셨다고 하고 친척들은 날 거두지 않고 보육원으로 보내고 보육원에서 따돌림당하면서 3년을 살다가 언니의 부모님이 날 눈여겨 보였고 언니가 독립한 후 언니와 친하게 지냈던 나는 언니를 따라가게 되었다.

그렇게 보육원 밖에 지내면서 어린아이들을 만나고 난 보육원에서 따돌림당했던 이유를 깨달았다. 아이들이 내가 힘도 세고 귀신처럼 보인다고 한다.

난 남들과 다르게 피부가 유독 창백해서 그리고 내 눈은 붉은

색을 띠어 아이들에게 귀신같이 보였고 그것을 아이들끼리 본능적으로 피하고 다녀서 나와 선생님은 몰랐던 것이다.

그렇기에 나는 허망했다. 내가 따돌림을 받은 이유가 이렇게 외모 때문이라니 그 사실이 어쩌면 따돌림보다 가슴이 아팠다.

난 그 사실이 방에서 한동안 나오지 못하는 계기가 되었다. 그렇게 한 달이 지나자 보다 못한 언니는 나랑 얘기하자고 했다.

난 적당히 훈계만 하겠지 생각했다. 내 고통은 누구도 알아주지 못한다고 생각했으니까. 하지만 언니는 잔잔하게 이야기했다. 하지만 너무 뻔했다. 언니의 말에 내 마음속은 소용돌이가 쳤지만, 겉으로는 무심한 척 묵묵부답으로 응했다.

"널 이해해."
'아니 누구도 이해 못 해.'

"너보다 힘든 사람 많아."
'하지만 나는 힘들다고!'

이러한 대화로 일주일이 지났다. 그러자 "많이 힘들지?" 이 말을 듣자 난 갑자기 울컥했다. 이게 내가 듣고 싶어 하는 말인가 보다. 하지만 나의 오기일까? 난 계속 방 안에 있었다. 하지만 첫째 날에도 둘째 날에도 그리고 한 달에 이르렀다. 언니는 계속 이런 말을 던졌다.

그렇게 되니 나는 고집을 꺾고 심리치료병원에서 치료받으며 약을 먹고 생활하고 있고 현재까지도 먹는 중이다.

마음에 관한 병은 쉽게 고쳐지지 않기에 하지만 요즘은 행복하게 살고 있다. 우체국배달을 하면서 스스로 약값을 벌고 있다.

제 4장
일타강사의 후회

나는 이한을 나만의 과외선생님으로 만들 것이다. 그리고 검정고시에 한 발짝 다가갈 것이다. 나는 이 1권만 있던 책으로 팬이라는 표시를 할 것이다.

아침 휴일.

나는 빈집인 줄 알았던 집을 두드렸고 스캔들로 추락했던 일타강사를 다시 만나게 되었다. 그리고 책을 보여주며 말했다.

"당신이 인간에게 회의를 느낀 건, 저도 알아요. 하지만 저는 저한테 은혜를 준 사람들에게 보답을 주고 싶어요. 저에게 기회를 주세요. 꼭 검정고시에 합격하고 싶어요."

"……."

너무 빠르게 말했나? 인사도 없이 긴장되는 마음에, 준비한 대본을 깨부수고 지금 이한 얼굴 좀 보니 내 얼굴이 빨개지는 것 같다.

내가 어떡하지 생각하는 순간 이한은 내가 들고 있는 책을 보고 있다. 이 책이 이한에게 특별한 책인 것을 확인한 뒤 긴장을 푼 뒤 설득을 이어 나갔다.

설득을 더 한 뒤에 나는 이렇게 말했다.

"결정을 해주세요."

이한은 무심하게만 쳐다보고 자신의 집으로 들어갔다. 하지만 나는 포기하지 않을 거다.

나는 문을 두드렸다. 첫째 날, 둘째 날, 그리고 셋째 날.

그는 드디어 짜증을 냈다.

"이보세요! 너무 하다는 생각 안 들어요? 지금 나흘째 이러고 있는 거 아시죠? 당신이 내 정체를 알고 그 책을 갖고 있어도 절대 안 가르쳐 줘요. 아시겠어요?"

문을 엄청 세게 닫았다. 이 사람 엄청 화났나 보다. 더 이상 하면 오히려 역효과만 볼 것 같다. 한참 고민하던 중 이한은 새벽 2시쯤에 강아지에게 밥을 주러 나가므로 그때 친해져야겠다. 그래서 난 오늘 새벽 2시까지 버티고 나가야겠다.

하지만 배달 일에 지친 나는 1시 30분이 되기 전에 잠이 들어 버렸다.

떵동.

"어? 누구지?"

난 비몽사몽으로 일어나다가 잠이 확 달아났다. 인터폰에 보면 초인종을 울린 사람은 이한이다. 이 사람이 왜 왔을까 하면서도 내 몸은 이미 현관에 있었고 나는 심호흡한 뒤 문을 열었다.

그러면서 이한은 조용하게 하지만 다급하게 말했다.

"뽀삐가 사라졌어요! 제가 올 때면 분명히 공원에 있었는데 지금 어디 있는지 모르겠어요. 절 도와주시면 그 과외! 그런 거 다 할 테니까 제발 도와주세요."

난 분명 심각한 상황이었지만 웃음을 참느라 혀를 살짝 깨물었다. 뽀삐라니. 무엇이든 잘할 것 같은 이한의 작명 센스가 심히 의심되는 순간이다.

아무튼 이 일은 긴급사항이자 기회이다.

강아지로 환심을 사려고 했는데 도와주면 일단 나에 대한 호감이 생길 것이다. 어차피 과외는 급해서 나온 것 같아 생각에서 제외됐다. 그리고 강아지도 귀여우니까 빨리 찾아야겠다.

"빨리 같이 가죠!"

일단 주변 공원이나 길가를 둘러보며 이름을 부르면서 찾아 보았다.

"뽀삐!"

살짝 맨정신으로 부르기 어려운 이름이지만 상황이 상황인 만큼 부르는 데 거리낌이 없었다.

그렇게 30분이 지났지만, 진전은 없었다.

그렇게 포기하려던 그때.

"끼잉끼잉"

선명하게 강아지 소리가 들렸다. 바로 내 앞에 있는 골목이다. 난 빠르게 뛰어가다가 참혹한 장면을 목격했다.

"너 뭐하는 거야?"

어떤 마스크와 모자를 푹 눌러쓴 사람이 오른손에는 검은 봉투를 메고 손에 칼을 쥐고 있었다. 손에는 이한이 밥 주던 강아지를 쥐고 있었다.

"야, 손에 있는 거 내려놔."

난 손이 떨리고 있다. 다리가 후들거린다. 하지만 나처럼 버림받았다는 공통점 때문일까? 내 마음에는 이한의 호감이라는 생각이 사라지고, 오직 강아지를 살려야겠다는 생각이 들었다.

그러나 현실은 냉혹하다. 칼을 든 남성을 단순히 신체 능력만 좋은 내가 제압하기에는 무리가 있었다. 나는 냉정히 생각했다. 어떻게 이 사태를 무사히 끝낼 수 있는지.

그리고 전화로 경찰에 신고하고 강아지를 두고 도망치라 말했다. 어차피 칼부림 일어나면 당신 손해라고. 그러자 결국 범인은 도망가고 경찰들은 철수했다. 그가 일으킨 범죄가 그렇게 센 범죄는 아니었기에 하지만 내 마음속에서는 매우 강력한 범죄였다.

강아지를 찾은 뒤 이한을 만났다. 얼굴에는 눈물자국이 선명하게….

"감사합니다. 제가 꼭 당신을 도와드릴게요. 정말 감사합니다."

그리고 내가 드디어 첫 목표를 이룬 것 같다. 난 앞으로도 꼭. 그리고 검정고시를 합격할 거다.

***

난 이한과 첫 수업을 시작했다. 역시 일타강사이기에 과외는 깔끔하게 진행되었다. 하지만 수학은 지루해 30분이 지나자 연신 하품했다. 그러자 기분이 나쁜지 살짝 삐진 채 수업을 이어갔다. 그리고 내가 다시 수업에 집중하자 기쁜 듯 수업을 이어나가는 마음을 알기 쉬운 일타강사다. 내 얼굴에 미소가 피자

궁금한 듯 수업을 이어나갔다.

　수업이 끝나고 난 집으로 돌아오자 언니가 앞에 있었다. 그러고는 나한테 할 말이 있다고 방에 들어갔다.

　"너 그 일타강사라는 사람 믿을 만한 것 맞아?"

　"응. 믿을 수 있어."

　"난 그 사람 못 믿을 것 같아. 누명이라도 성폭행 혐의를 의심받았던 사람이야. 어디 적이 많아 사람들이 동조했겠지. 그러니까 그 사람이랑 다니면 위험해질 수도 있어. 너 이번에 칼을 든 사람 만났다면서?"

　"괜찮아. 그때는 특별한 경우였고 이제 편안하게 수업 들으면 돼."

　"그래도. 안 되겠어. 그 사람 한번 만나 봐야겠어. 내일 너 과외지? 그때 같이 가자."

＊＊＊

　다음날.

　과외 시간에 언니는 과외 장소인 이한의 집으로 갔다.

　"저기요? 그쪽이 제 동생 과외선생님이시죠? 부탁인데 제 동생에 과외를 그만두고 싶어서요. 그쪽 때문에 제 동생이 칼에 맞을 뻔했어요. 당신이랑 같이 있으면 위험한 일이 많이 생기는 것 같아요. 그러니 그만둘게요."

김이한은 차분하지만 냉정하게 말했다.

"지금 동생분은 성인이라 동생분이 직접 결정해야 하는데요."

"진아야. 그만둘 거지?"

"아니. 언니, 난 그만두지 않을 거야. 내가 힘들게 얻은 과외선생님인데 지금 바꾸면 무슨 소용이야? 1년만 기다려줘. 내가 증명해 낼 테니까."

***

1년 뒤

나는 시험을 드디어 응시한다.

시험 결과는 아무도 모른다.

그래도 함께 한 날이 있어 해낼 수 있을 것 같다.

글을 쓸수록 전개가 내 생각처럼 이야기가 매끄럽게 이어지지 않았다. 그리고 글을 쓸 때 항상 시간이 부족한 것처럼 느껴졌다. 쓴 이야기가 마음에 들지 않아, 다시 이야기를 쓰기를 반복했다.

내가 컴맹이라 컴퓨터를 다루기가 어려워, 폰을 사용하여 작성하다 보니 다시 옮기는 과정에서 문제가 발생하여 원고를 잘 못 올리는 사고가 자주 발생했다.

지금 이야기도 시간이 없어 끝맺음에 아쉬움이 많았지만 처음 쓴 이야기라 글을 완성한 것에 의의를 둔다.